U0464727

骤雨中的阳光

莫树材 著

莞邑往事
真情速递
驿路风景
社会传真
人生转盘
名家评论

时代文艺出版社

图书在版编目（CIP）数据

骤雨中的阳光 / 莫树材著. -- 长春：时代文艺出版社, 2020.12
ISBN 978-7-5387-6503-8

Ⅰ.①骤… Ⅱ.①莫… Ⅲ.①小小说—小说集—中国—当代 Ⅳ.①I247.82

中国版本图书馆CIP数据核字(2020)第170463号

出品人：陈 琛
产品总监：邓淑杰
责任编辑：孟 婧 刘瑀婷
技术编辑：杨俊红
装帧设计：东莞拓世文化传媒
排版制作：李 雪

本书著作权，版式和装帧设计受国际版权公约和中华人民共和国著作权法保护
本书所有文字，图片和示意图等专有使用权为时代文艺出版社所有
未事先获得时代文艺出版社许可
本书的任何部分不得以图表，电子，影印，缩拍，录音和其他任何手段
进行复制和转载，违者必究

骤雨中的阳光

莫树材 著

出版发行／时代文艺出版社
地址／长春市福祉大路5788号 龙腾国际大厦A座15层 邮编／130118
总编办／0431-81629751 发行部／0431-81629755 北京开发部／010-63108163
官方微博／weibo.com/tlapress 天猫旗舰店／sdwycbsgf.tmall.com
印刷／北京瑞达方舟印务有限公司
开本／787mm x 1092mm 1／16 字数／155千字 印张／12.75
版次／2021年1月第1版 印次／2021年1月第1次印刷 定价／59.00元

图书如有印装错误 请寄回印厂调换

序　言

小镇人物莫树材

杨晓敏

近十多年来，东莞市桥头镇的小小说读写活动十分活跃，政府关注，企业家扶持，文学组织形式健全互补，新老作家佳作迭出，出版了《桥头小小说100篇》等十多部作品集。"远学郑州，近学惠州，创建东莞市小小说创作强镇"，营造出一个独特的具有全国性的"小小说现象"，小小说的"桥头模式"正在更大范围内产生影响。

2007年至今，桥头镇组建了东莞市小小说创作中心，举办小小说创作大赛，挂牌东莞（桥头）小小说创作基地，创办小小说杂志《荷风》（季刊），有两百多篇原创作品被《小说选刊》《小小说选刊》等知名选刊或选本转载。举办了"中国小小说名家沙龙年会暨桥头镇小小说现象"研讨会，面向全国公开签约小小说作家，进行"一带一"活动，筹建中国小小说特色图书馆，设立并主办了"扬辉小小说奖"，组

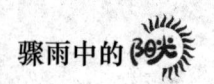

织了"知名作家看桥头"采风活动，成立东莞市小小说学会，等等。

一个镇，为繁荣基层人民群众文化生活，能够以小小说创作为龙头，带动出全民阅读、书香社会的良好风尚，使之成为与经济建设同步发展的范例，并成功打造成一张闪亮的小小说文化名片，这无疑是当代民间读写的一个奇迹。万绿丛中一点红，也正因为有了这么一群热爱文学的人，才使得这个普通的南国小镇变得格外与众不同。

谈及桥头镇的小小说现象，必须提到一位德高望重的老者，他叫莫树材。莫树材在花甲之后曾一度"中风"致疾，他知道自己的文学心愿尚未完成，便以顽强的毅力迎战病魔，坚持锻炼之余，业余创作从未间断，每月出版一期小小说打印小报，还邀请全国小小说名家高手来本地办小小说写作讲座，传播小小说薪火，培养和推介小小说创作新人。

莫树材今年八十岁了，从1960年开始写作至今，已在《人民日报》《南方日报》《羊城晚报》《广州日报》《东莞日报》等报刊发表作品一百多万字，已出版个人专著十部，主编文学作品选十多本。莫树材生于斯，长于斯，他的写作溢满故乡风味，倾情塑造岭南人物；题材涉猎宽泛，洞悉人间情义；语言兼顾方言，朴实不失诙谐。

《欠你一碗"整蛋糖水"》还原了一场具有浓郁岭南特色的"相睇"民俗。相睇即相亲，是岭南地区男婚女嫁一个不可或缺的过程。相睇非常讲究程序和礼仪，尤其男方接受女方亲朋好友面试的环节，相人相家，测试智商和情商，可谓是层层过关，糖水宴彰显的是一方地域的民俗文化。一个节外生枝的插曲，见证了一对小青年的两情相悦。数年过去，故人相逢，也成为当代男女姻缘的一段佳话。方言俚语，信手拈来，使人物形象愈加饱满，呼之欲出。在向读者展现莞邑农村相亲风俗

序　言

的同时，也给人一种轻松愉悦的阅读享受。

相较于光怪陆离的社会大舞台，校园应属一片难得的净土，"有教无类"，新时代的教育更不能分三六九等。《校友》为读者刻画了一位发家不忘回馈母校、致富依然不忘同学之情的成功商人形象。周强在有意无意间对老同学的维护，其实也是对母校形象、对教育的维护，最后才有了作家被请上"贵宾"席的温暖一幕。

当情节反转、雷鸣般的掌声轰然响起，主人公林江的形象在读者眼前越发清晰。百味杂陈也罢，别有一番滋味在心头也好，文化自信，为校争光，应该是诸多文人心中浓郁的文化理想。作品叙述沉稳，不动声色地推动着故事情节的发展，完成了对周强这一人物形象的刻画和对主题的诠释。

《领导还是会讲话的》具有反讽意味。曾几何时，主席台上领导念错字、断错句、卡壳掉链子的段子满天飞。老赵当了三十年材料员，为七任不同的领导写过讲话稿，深谙其中规律与门道。其实，一位好的领导，只要作风踏实、心系群众、时刻把人民的利益与事情装在心中，讲话时自然就会心中有数。作品写得亦庄亦谐，讽喻中也有对良好官场风气的真诚向往与呼唤。

当新领导不看稿子，脱稿依然把工作讲得头头是道时，老赵把为领导写的几页稿纸一把撕掉，说，"脱得好，脱得好，够专业，有水平，领导还是会讲话的"。这一发现，不仅颠覆了老赵的思维，更是让读者感受到了扑面而来的正能量。老赵的赞美与举动，应该是发自内心的，读来却让人有点啼笑皆非之感。

《打折》读来让人五味杂陈。文字叙述看似平淡，背后却隐藏着

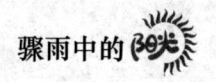

作家思想情感的波翻浪卷：文化的贬值，友情的贬值，身为文化人的无奈与倔强，融于千把字的尺幅之间。作家出书难，出书之后卖书难，作家无偿赠书，可这些书要么转身进了旧货场，要么走上地摊儿低价出售。文中的两位作家"我"和朋友老陈，先后遭此尴尬，老陈精心签名赠朋友的书出现在地摊儿上，自己的诗集被与会者无情丢弃在会场。两个文友，同病相怜之余，彼此之间又多了互相调侃与自嘲。

好的小小说作品，讲究立意鲜明，伏笔与照应相扣，如果在结尾时再能不经意间做到旁逸斜出，荡开一笔，表现一份丰富的潜内容，会大大增加阅读趣味。"作品可以打折，人品却不能够打折"！掩卷后，会让人思考良多。

《快递小哥》三个场景，三个典型事例，让一位勤勉踏实、心胸豁达又助人为乐的小人物形象瞬间高大起来。与之形成鲜明对比的，是看似颇有身份地位的刘总，在处理三件事的过程中的自私和狭隘。

文贵有情，才会感染读者，直击人心。刘总与快递小哥，从不欢而散到冰释前嫌，再到缔结为好友，没有落于简单人性描写的窠臼。人际的交往，初始也许不是一个美好的开端，但是这不妨碍我们去真诚地面对并加以改善。相信春天的默默耕耘，会迎来一个硕果丰盈的秋天。

《红马甲黑马甲》，带着鲜明的时代烙印，通过两件颜色对比强烈的马甲，叙述了两种貌似普通与高贵的相差悬殊的职业，构建了两种迥异人生的碰撞，表达了人性深处美好的一面；《"蓝带"传真》在一瓶酒的兜兜转转的背后，是对一个社会光怪陆离的缩影和讽刺；《流料》有心栽花花不开，无心插柳柳成荫，用充满桥头镇方言韵味的语言讲述发生在桥头莲湖的故事，别开生面，极具匠心；《卖命》令人啼

序　言

笑皆非，卖保险的费尽心机到处推销，自己却不买保险，"卖命"除了卖的是命，还在卖横流的物欲。

桥头镇的小小说创作队伍的良性生长，与镇政府各级领导重视扶持、莫树材的领军示范作用分不开。莫树材除了在写作方面成就斐然外，还摒弃了一些本地人排外的陋习，英雄不问出处，利用桥头镇的地域优势，挖掘和招揽了一大批来自祖国四面八方的流动文学人才。众多怀揣文学梦想的青年才俊，憧憬着未来的美好生活，远走他乡，来到东莞、来到桥头镇打工谋生。在莫树材的慧眼发现、鼎力扶持，以及鼓励引荐下，他们得以重拾文学梦想，并通过文学创作改变着自身的生存环境。

2011年至今，我曾多次受邀南下东莞，在桥头镇参加了各类小小说笔会、采风、讲座及颁奖活动，有幸结识了有经济建设头脑又有文化建设担当的镇领导和一大批小小说作家和文学爱好者，也见到了传说中的"材叔"。后来我有了一个非常奇特的发现，无论是东莞市文联、作家协会的领导，还是桥头镇的各级领导干部，抑或是街上引车卖浆的草根平民，无论是本乡本土的左邻右舍，还是外地来此谋生立业的务工者，只要见了莫老，一律尊呼为"材叔"，极具亲和力。对于一位数十年如一日为他人作嫁衣的普通老人，这是人们发自内心的人格敬重和事业认同，也是难能可贵的"口碑"。

莫树材，2007年荣获东莞市首届荷花文学大奖"杰出贡献奖"；2009年获得东莞市文学艺术大奖"杰出贡献奖"；2011年获得惠州市小小说事业推动奖。2017年在广东省三十年优秀小小说评选中荣获事业推动奖。2018年，他的小小说《红马甲黑马甲》入选"改革开放40年广东

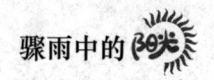

最具影响力40篇小小说",2019年,小小说《欠你一碗"整蛋糖水"》入选"2019年中国微型小说排行榜"。

桥头镇有著名的"一湖两花"景观,春天的油菜花和夏天的荷花在莲湖次第开放时,八方游人如织。桥头镇有一句著名的广告语叫:"等你,在桥头……"极其温馨和充满吸引力。桥头镇还有一群致力于小小说读写的人,他们创造出了一种文化现象,他们的领军人物是一位八旬老者叫"材叔"。

(杨晓敏,河南获嘉人,当代作家、评论家、小小说文体倡导者。中国作家协会会员、河南省作家协会副主席、河南省小小说学会会长。曾主持编审《小小说选刊》《百花园》多年,著有《当代小小说百家论》《清水塘祭》《我的喜马拉雅》《雪韵》《冬季》《小小说是平民艺术》等,编纂"中国当代小小说大系""中国年度小小说系列"等图书四百余卷,《文艺报》理论创新奖获得者。)

目　录

第一辑　莞邑往事

欠你一碗"整蛋糖水" ······ 003
零点荔枝蜜 ······ 006
"净重50公斤" ······ 011
"蓝带"传真 ······ 014
会飞的腊鸭 ······ 017
红马甲黑马甲 ······ 020
"好酸，好孙" ······ 023
肥婆卖大包 ······ 026
谁是共产党员 ······ 029
傻仔秋 ······ 032

第二辑　真情速递

怎么会是你 ······ 039
长大后做你的拐杖 ······ 042
"完美"厂长 ······ 044
老伴和她的黑名单 ······ 047
送气工阿强 ······ 050
总裁的湿纸巾 ······ 054
快递小哥 ······ 056

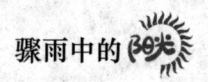

最后的换零 ……………………………… 059
双双小传 ………………………………… 063
骤雨中的阳光 …………………………… 067

第三辑　驿路风景

"老三高"奇遇记 ………………………… 073
爆米花 …………………………………… 076
肠粉王 …………………………………… 079
校友 ……………………………………… 082
"老废"和他的"高尔夫" ………………… 085
班主任 …………………………………… 090
村主任发包 ……………………………… 093
"狂草黄"丢包记 ………………………… 097

第四辑　社会传真

小信封大信封 …………………………… 103
校长醉酒 ………………………………… 105
带个女朋友回家 ………………………… 110
阴阳头 …………………………………… 115
领导还是会讲话的 ……………………… 119
逗利是 …………………………………… 122
苏三皮 …………………………………… 125

目 录

第五辑　人生转盘

充电 …………………………………………… 131
打折 …………………………………………… 134
流料 …………………………………………… 137
卖命 …………………………………………… 140
名壶 …………………………………………… 144
生果金 ………………………………………… 148
同辈 …………………………………………… 151
验收 …………………………………………… 154

第六辑　名家评论

描摹岭南地域风情的高手
　——莫树材小小说印象 ……………… 蔡　楠 159
东莞小小说领军人莫树材 ……………… 申　平 163
莫树材的小小说情节 …………………… 刘海涛 166
评《骤雨中的阳光》 …………………… 刘　帆 169
一个人带动一座城——记东莞作家莫树材 ……… 刘　芬 173
风味"莞货"——读莫树材的民俗风情小小说 … 刘庆华 182

后记 ………………………………………… 186

第一辑 莞邑往事

荔枝树下疏落有致地放着一百多个或新或旧的蜜蜂箱。每个蜂箱的小小出口处，蜜蜂们熙熙攘攘，进进出出，十分繁忙。小李蹲在一个蜂箱口前，任进出的蜜蜂在他身前身后飞来飞去，挺认真地说："这是一间间小糖厂，厂里有成千上万的工人在劳动，跟我镇'三来一补'工厂一样，也是劳动力密集型哩！"

——《零点荔枝蜜》

第一辑　莞邑往事

欠你一碗"整蛋糖水"

20世纪六七十年代，莞邑农村盛行"相睇"，拍拖中的男方要到女方家让女方的亲朋好友过目，俗称"面试"。

陈村的阿华今天就要到拖友阿娟家相睇，临行，他请来村中的阿文做伴。阿文是插队知青，村里安排他当村小民办教师。

阿娟家在邻村大荔枝园里，一连三间大瓦房，有门楼，还有个大院子。阿华二人一进门，大院里就站起了一片人群，有阿娟的双亲和三姑六婆，还有阿娟的姐妹团——高妹阿云、靓女阿芳和阿娇，她们都是阿娟高中时的同学，阿娟请她们当主考官。

阿娟的母亲先叫阿华站起来走几步，让大家看看未来女婿的行藏举止。阿华"嚯"地站起来，昂首阔步向前走。他是个退伍兵，英姿飒爽，虎虎生威，直看得三姑六婆们伸大拇指："兵哥好威势！"

接下来是"查家宅"。三姑六婆连珠炮般问阿华："家里有多少

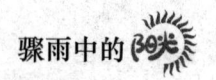

人？有人吃米（商品粮）的吗？"阿华"兵来将挡，水来土掩"，三姑六婆们细声讲大声笑，大院里闹成一锅粥。

　　问完家宅后，轮到阿娟的姐妹考官们发问了，女主考官们个个精眉醒目，牙尖嘴利。高妹阿云首先发问："华仔，问你一个问题，是先有鸡𡤅还是先有鸡春（蛋）？"阿华一时答不上来，忙扯了扯阿文的衫袖，文老师先"咳"一声，然后说："这是一个世界难题，科学家尚无定论。"阿云一时语塞。靓女阿娇忙说："我问一个有关亲情的问题，如果你老婆与老妈子一齐跌落水，先救哪个？"阿华说："阿娟会游水，先救老妈子！"靓女阿芳说："不问这些离谱的问题，说实际的，阿华，你家里有没有'三转一响'？"阿华忙问阿文："什么叫'三转一响'？"文老师说："就是单车、衣车、手表和收音机。"阿华说明白了："我家有一辆28吋单车和一台红灯牌收音机！"

　　面试结束了，到了揭晓考试结果的时候了，莞邑表达"揭晓"的习俗很有趣，也很有人情味，不用语言表达，靠的是一碗"鸡蛋糖水"：同意这门亲事的是给你一碗"整蛋糖水"，表示"圆满甜蜜"；不同意的是"蛋花糖水"，表示甩拖散亲。人们把糖水宴中的主角叫糖水妹。阿娟母亲端给阿华的是一碗"蛋花糖水"，端给阿文的却是一碗"整蛋糖水"。阿华默默地站起来，把糖水放在桌上，然后一脚踢开单车脚架，推着单车往门楼外走去。高妹阿云忙推阿娟："糖水妹，还不快去追！"阿娟忙向门外追去。

　　阿华刚坐上单车，尾架就给阿娟扯住了。阿娟说："刚才老妈子把糖水碗端错了，别介意。""你老妈子没端错，是我错了，不该请文老师做伴，节外生枝，喧宾夺主。"

第一辑　莞邑往事

阿娟母亲把桌上的糖水碗调换过来了，阿华面前是一碗"整蛋糖水"，文老师的是那碗"蛋花糖水"。院子里响起了一片"啪啪啪"的掌声，糖水妹阿娟却躲进屋里去了。

几十年过去了，文老师成了民俗学专家。一年元宵节，他带着几名学生回到当年知青点——陈村采风。那天刚好阿华家里相睇，准女婿带着同伴来给阿华家"面试"。几十年前的情景又在阿文面前重现，他告诉学生，今天让你们看一场精彩的传统民俗表演，大家可以打开手机进行现场直播。

到了面试结果揭晓的时候了，当年的糖水妹，如今的准丈母娘阿娟端来两碗糖水，她把一碗端给准女婿，又把一碗递给文老师。

文老师低头一看，糖水碗里卧着两只白白胖胖的鸡蛋，忙说："糖水妹，今天可不是我来相睇，糖水端错了。"

"文老师，我知道你今天不是来相睇，而是来睇戏，我家欠你一碗'整蛋糖水'，今天正好补偿。"

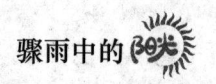

零点荔枝蜜

大清早,我和材料员小李跟随管农业的副镇长老陈下乡视察荔枝树挂花的成色和长势。

我们来到产优质荔枝的桥西管理区。

桥西管理区是著名的荔枝之乡,既有成林成片的老荔枝,又有漫山遍野的新荔枝,大部分是桂味、糯米粒、妃子笑等优良品种,近年来又引进了白蜡、水东、三月红等早熟荔枝,使荔乡的荔枝品种更齐全,早、中、迟熟的搭配更合理了。

荔乡的三月,是荔花盛开的时节,荔林的早晨,连空气也是甜丝丝的。我们穿行在荔枝林间,观察每棵荔枝的挂花情况。老陈原先是农村的支部书记,后来到省农业大学进修两年,当了副镇长后,整天在各农村管理区里跑,镇里每一畦农田、每一个果园和每一口鱼塘的情况他都了如指掌。他一边察看,一边对我说:"今年是反常气候,反常的花势，那些起梢的荔枝又长出了新的荔枝花，这样大面积的先出蕊后出花现象，许多六七十岁的果农都说没见过。三月多一树花，七月多——箩荔果哩！"

我和小李抬眼四望，果然看到那些满枝嫩叶的荔枝，像小山般隆起一簇又一簇苗壮的荔枝花。

"你知道哪些是真花，哪些是假花吗？"老陈扯着一簇盛开的荔枝花考我，我摇了摇头。他指着一朵朵米黄色的小花告诉我，有两条鲤鱼须的是真花，像小花洒的是假花。我只知道荔果好吃，却不知道荔花还有真假之分呢。

"花是假的，有什么用？"小李问。哈！原来小李也不懂。

"用处大着呢，假花也叫雄花，没有雄花的花粉，真花是不能结果的。"

哦，假花不假哩！

我发现每簇荔枝花下那几片树叶上，都沾着一摊摊水渍。老陈告诉我，那是荔枝蜜，这几天天气好，荔枝花盛开，花蜜都流淌出来了。我用手指沾了沾米黄色的小花，挺腻手，放在舌头上舔一舔，有点荔枝的香甜来。小李干脆把一簇荔枝花放进嘴里品尝，连声说：好甜，好甜！老陈笑着警告他："小心，别让采蜜的蜜蜂把你的舌头刺肿了！"小李惊得忙松开手，吐了吐舌头。这时，我才发现荔枝花丛中有许多蜜蜂飞来飞去，蜂足上沾满黄色的花粉。嘤嘤嗡嗡，沸沸扬扬，群蜂的欢呼声打破了荔枝林早晨的宁静。呵，无尽的荔枝林，尽是蜜蜂的世界。

"走！请你们赏蜜糖去！"老陈习惯地一挥手，带着我们向荔枝林深处走去。

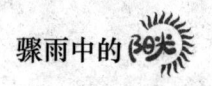

荔枝林深处，隐隐露着几个塑料布搭成的大帐篷。老陈说那是"蜜佬屋"，是蜜佬们经营"甜蜜事业"的地方。走进帐篷，看到四周荔枝树下疏落有致地放着一百多个或新或旧的蜜蜂箱。每个蜂箱的小小出口处，蜜蜂们熙熙攘攘，进进出出，十分繁忙。小李蹲在一个蜂箱口前，任进出的蜜蜂在他身前身后飞来飞去，挺认真地说："这是一间间小糖厂，厂里有成千上万的工人在劳动，跟我镇'三来一补'工厂一样，也是劳动密集型哩！"我和老陈都给他逗乐了。

我们的笑声惊动了帐篷边的姑娘，姑娘正起劲地用水清洗摇蜜机筒。见我们走过来，忙抬起头，用湿漉漉的手擦起额前的短发，露出一双水灵灵的眼睛，抿嘴一笑，现出两只深深的酒窝。老陈问她："甜妹，准备打蜜糖呀？""等你呢！打完蜜糖还未天光哩，你说，是不是发神经！"姑娘说完，又勾下头洗摇蜜机筒。咦，大清早，姑娘在发谁的脾气呢？

"早哇，陈镇长！"一个高高瘦瘦的后生哥从帐篷里走了出来，两手各提着一大罐蜜糖，挺沉的。姑娘见后生仔出来，"扑"一声把洗干净的摇蜜机筒倒扣在地上，一声不响地走进帐篷里。老陈悄悄地告诉我们，他们是从龙门县来放蜂的，去年，后生仔同他的父亲、叔伯们一起来放蜂，今年连新娘子也带来了，正在度蜜月哩！

后生哥瞥了一眼帐篷，笑着说："镇长，你来得巧，请你给评评理！"

我们坐在荔枝树下的长凳上，听后生仔说他们两口子的矛盾。

原来，小两口在打蜜糖的时间问题上产生了分歧，后生说要在凌晨零点打蜜糖，可以避开早上的雾水蜜，打出来的蜜糖成色纯、养分

第一辑 莞邑往事

大、水分少、贮存时间长。甜妹却说要在下午三四点钟时打蜜糖,那个时候打,可以比零时多打十几斤蜜糖,别的蜜佬都是这个时候打的。

"阿强,你的蜜糖几钱一斤?"

"十块钱。"

"别的蜜佬呢?"

"也是十块钱。"

"谁的蜜糖买的人多?"

"我的蜜糖打多少卖完多少,还要预约。别的蜜佬却要挑着他们的蜜糖四处叫卖!"

"这是因为你的蜜糖成色高,质量优,因而赢得声誉,占领了市场。你的蜜糖供不应求,这是顾客对你的零点打糖的肯定。阿强,你是对的!"

"阿甜,听到没有,镇长说我对啦!"

"镇长也没说我错呀!我不是跟你一样凌晨零点起来,你割蜜,我摇摇蜜机?"甜妹笑着从帐篷里走出来,圆圆的脸上绽开两朵红晕,这山里妹显得更俏丽了。

"甜妹,我还没喝过你的'新抱茶'呢!"

"哎呀,光顾说话,忘了招呼你们了。镇长,出门不方便,就以鲜蜜糖权当新抱茶吧!"

甜妹说完,走进帐篷里。

一会儿,甜妹双手托着一个胶茶盘出来了,茶盘里放着三杯蜜糖。阿强接过茶盘,甜妹双手捧给我们每人一杯,说:"请各位领导尝尝我们的'零点荔枝蜜'!"

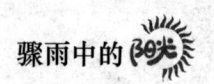

好一个"零点荔枝蜜"！甜妹很诙谐，也很有创意！

我呢着新蜜，看着和好如初的小两口，心里甜丝丝的。多好的小两口啊，他们宁愿少打点蜜糖，少一点收入，多一点辛苦，也要保证蜜糖高纯度、优质量。他们的蜜月是美满的、充实的，他们的思想境界更是崇高的！"打假办"的同志应该来这里总结经验，召开现场会！

如川贝枇杷膏般稠粘的零点荔枝蜜，腻在喉咙里咽不下去了，我从没吃过如此香醇、如此浓烈的荔枝蜜。看见我貌似咽着的模样，甜妹把一杯凉开水递给我说："同志叔，兑一点水再喝吧，我怕你喝醉呢！"

"哈，我还没喝就已经醉了，蜜不醉人人自醉喽！"小李忙把凉开水兑进蜜糖里，用筷子不住地搅拌。

零点荔枝蜜的清香和甜美，沁人肺腑；放蜂小两口的热情和真诚，令人感动。喝着这样醇厚的新抱茶，真够意思！

这时，开来了一辆白色的面包车，从车里走下来几个提着大罐小罐的中年妇女。阿强对我们说，她们是预约的客户，今天不会空手而回。

我们边喝蜜糖水边看小两口卖蜜糖，只见阿强麻利地举起蜜糖罐，就着大漏斗把浓稠的蜜糖徐徐地倒进小塑料罐里。那边，甜妹在台磅上过磅，收钱。不时有几只蜜蜂飞过来，落在大罐小罐出入口边，怎么赶也赶不开。小蜜蜂好像舍不得把这么好的蜜糖卖给人家似的，依依不舍地流连在芳香和甜蜜的帐篷间，有的干脆冲进倒悬着的蜜糖的瀑布里，进到顾客的罐里去了。

看着这热闹的蜜事，忽然间，我想起我也要摇出"零点荔枝蜜"来，不是用摇蜜机，而是用我那心爱的墨水笔！

第一辑　莞邑往事

"净重50公斤"

　　20世纪六七十年代，老街有间车衣铺。那时还没"个体户"，生产队派有手艺的社员到外面搞副业，每月交现金给生产队记工分，手艺人可发挥专长，生产队有现金收入，一举两得，当时俗称"交互利"，是那个年代的特色。

　　车衣铺的青年裁缝姓陈，高高瘦瘦，背有点驼，戴一副黑框眼镜，一把油腻的软布尺整天挂在脖子上，街坊都叫他"四眼陈"。顾客却叫他"一眼准"，无论男女老少问他做衣服需要多少布料，他说得一分不多，一寸不少。"四眼陈"裁剪，老婆"肥婆兰"车衣，生意倒也不错，每月如期交纳"互利款"，因为生产队分红低（10个工分才值8分钱），"四眼陈"每年都是"超支户"。

　　一天，"四眼陈"遇到一个难题，一个公社干部给他一块蓝布，说要做一条西裤，"四眼陈"接过布料一看，顿时傻了眼，原来，蓝

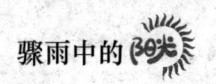

布是用日本尿素袋染成的，尿素袋原有的"净重50公斤"字样越染越明显。把这几个字放在西裤哪个部位合适呢？四眼陈把裤样在布上量来量去，还是定不了，他跟公社干部商量把这几个字处理在臀部吧，上衣一盖就可把字遮挡住，坐在长凳上的公社干部没意见，"四眼陈"开剪了，一寸不多，那个肥料袋刚好做一条西裤。

后来的事更让"四眼陈"为难。原来，公社办公室主任要下乡，叫那公社干部随行。那天，那位公社干部穿着新裤子，白衬衫往裤兜里一塞，整个人显得潇洒干练。主任却发现了问题，公社干部坐在单车座包上，一行黑字在屁股间跳来跳去，特别显眼。主任跳下单车，拉着干部的臀部左看右看，问这是谁干的好事，侮辱公社干部，胡说干部贪吃多占，屁股"净重50公斤"，那干部说裤子是在老街车衣铺做的。主任叫他把铺主叫来，要开他的批斗会，不能让他把公社干部的形象给抹黑了。

"四眼陈"被叫到公社革委会办公室，主任要他写检讨，还要批斗。"四眼陈"眼镜也不敢戴了，颤抖地说："主任，我是无意的，好心办坏事，不是污蔑干部。"办公室主任不听他解释，说一定要批斗，还要拉人封铺。

"四眼陈"被关进公社黑房后，"肥婆兰"吃不下饭，睡不着觉，怎么也想不到一条裤子会惹出那么大的麻烦，整天在铺门口流泪，街坊劝她去找生产队长，说封了车衣铺关系到生产队经济收入。"肥婆兰"觉得也对，便买了一条"大前门"烟去找生产队长。队长姓李，见"肥婆兰"带来一条高级烟，忙说有这条烟，"四眼陈"有救了。果然，没几天"四眼陈"就被放了出来，处罚是要赔那个干部一条新西裤。

第一辑　莞邑往事

"四眼陈"把一条"蓝斜"西裤送给那个干部,换回那条带"净重50公斤"字样的肥料袋裤,并把它当作教训收藏了起来。

几十年过去了,那个公社干部成了宣传部长,今年市里要搞庆祝改革开放四十年成就展,他想起了那条"净重50公斤"的西裤,说这是最有说服力的展品,要宣传干事马上去找"四眼陈"。

"四眼陈"还是当他的裁缝,只是背更驼了,眼更花了。他跟前来取裤子的干事说,那条肥料袋裤早已烧掉了,免得再惹麻烦。宣传干事回去跟部长汇报说没有完成任务,部长说,这也难怪,"一朝被蛇咬,十年怕井绳"。

过了几天,"四眼陈"接到镇政府办公室通知,说市领导要来慰问个体户。那天,老裁缝夫妇一早把店铺收拾好,站在门口四处张望。只见一行人在老街出现了,他们径直向车衣铺走来。一进门,引路的宣传干事就向裁缝夫妇介绍:"这是宣传部长……"部长拍了拍干事的肩,一步跨进门,拉过熟悉的长凳就坐下来,说:"陈师傅,我就是当年让你帮我做肥料袋裤的公社干部。几十年不见了,我还老惦记着'净重50公斤'哩。"说完,从提包里掏出那条"蓝斜"西裤,说要换回那条肥料裤子,作宣传教育展品。"四眼陈"连茶都忘记给客人递上,连忙跑上二楼找出那条肥料袋裤,拉着部长的手说:"部长,物归原主,让后来人牢记过去的历史。'蓝斜'裤你也留着做个纪念吧。"

"改革开放四十年成就展"如期开幕,那条印有"净重50公斤"的肥料袋裤正摆在"衣食住行篇"的一个展柜里。村里组织群众参观展览,面对那条肥料袋裤子,"四眼陈"和"肥婆兰"一下子泪流满面。

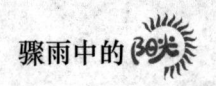

"蓝带"传真

镇区最大的商场——玫瑰商场挂起市消费者协会颁发的"消费者满意企业"铜匾还不到三天，商场经理部便收到一封投诉传真，把经理们的笑脸一下子给扭歪了。

传真是镇打假办公室发来的，还有打假办主任张军的亲笔签名："据顾客投诉，贵商场曾售卖假'蓝带'酒，与'消费者满意企业'称号不符，望自查，并将结果报我办。"

商场党支部非常重视这个投诉，马上组织以总经理傅冲为首的专项调查组，专门调查"假酒事件"。

第二天，傅老总一上班，就专程到镇打假办公室找张主任。张主任不在办公室。办事员告诉他：正常情况下，这个时候张主任应该在家，还没出门。

第一辑　莞邑往事

傅老总一看表，时针已跨过九点了。

张主任果然在家里接待了傅老总。

"老总，你们的办事效率就是高，这么快就把事情弄清楚了！"

"没有呢，我是来听取意见的。"

"哦！假'蓝带'幸好出在我家，可以内部解决。若落在别的地方那就麻烦了，给捅到市消费者协会，你们挂在商场大门口的那个铜牌还能保得住？"

"多谢主任关照。真巧，假酒出在你家里，我想了解事情的全过程，并把那瓶酒带回去，作为证物，教育商场全体干部职工，提高打假意识！"

"前几天，我在家里宴请一班老战友，喝的正是这瓶酒。那位在酒吧当调酒师的战友是个行家，酒杯一沾唇，他就说酒是假的，还说堂堂打假办主任家居然有假酒，真够讽刺的。后来我一了解，这瓶'蓝带'是别人送来的，送酒的人说是在你们商场买的哩！"

"委屈了，张主任，很抱歉。商场管理层很重视这件事，这不光是商场声誉问题，还涉及消费者权益受损害的问题。我们一定吸取教训，以后坚决杜绝假冒伪劣商品进场。"

傅老总告辞时，把那瓶假"蓝带"连同包装盒也一齐带走了。

几天后，一份传真传到了镇打假办公室给张主任：

"张主任：假酒事件业已调查清楚，感谢你对商场工作的关心和支持。

"据调查，从您家带回的假'蓝带'，是我商场超市烟酒专柜售出的代售商品。每月，都有一些单位领导的家属把人家送来的香烟、

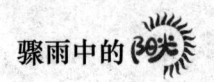

洋酒拿到专柜寄售，专柜都有登记并做了标记。从您家带回的假'蓝带'，正是上个月您太太拿来代售的，上有代售标记——018，目前还有几瓶未售出……"

第一辑　莞邑往事

会飞的腊鸭

秋风一起，种养大户赵爽一家就做起腊味生意来了。赵爽是个能人，他做的腊味与众不同，人家做腊肠用肠衣，他却用腐竹皮，把手帕大小的腐竹皮铺开，垫上馅料，双手一卷放微波炉里一焗，便成了一款风味独特的腊肠。成本低，有创意，很受顾客欢迎。他制作的腊味都有"出世纸"，写明批次和日期，保证食品安全。一排排的腊味挂在大院子里，接受主人的检阅。赵爽一看到这阵势就大笑起来。

一天，他发觉腊鸭架上少了几只腊鸭，院子里有狗，谁也不敢走进来，难道腊鸭自己飞走了？腊鸭会飞吗？他决定到村里走走，把'飞走'了的腊鸭找回来。

于是，他撑着黑色大伞，吸着鼻子，在大街小巷里巡视起来。走到村东头，他闻到熟悉的腊味味道，原来村口的贫困户赵大爷门口挂着一只大腊鸭！他走近一看，正是自家的，腊鸭还挂着他特制的标签哩！

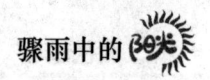

这时走来一个后生仔,他拿着手机对着赵爽说:"老板对这只腊鸭有兴趣?"

"是的,这只腊鸭又肥又大,是个正货!"

说完,赵爽走进赵大爷家,大爷正"吱吱吱"地喂几只小鸡。他知道赵爽的来意后,同他一起坐在门槛上说话。

"赵大爷,哪里买来的大腊鸭?介绍我也去买一只。"

"那不是买的,是一个中学生送来的,说是学校给扶贫户送年礼,他是一名志愿者。"

"现在的学生扶贫意识真强。那我就不耽误你喂鸡了!"

赵爽走了,他不是回家,而是到几户贫困户家里走走,他看到每户贫困户门口都挂着一只大腊鸭。他们跟赵大爷说的一样,腊鸭是一个学生送来的,听他们说的学生身材、长相很像自己的儿子,因此,他决定回去问个水落石出。

儿子正在家里做作业,赵爽在儿子身边坐下说:"爸爸今天兴致高,给你出个作文题目——会飞的腊鸭。"

"这个作文很易做,题材十分熟悉。"

儿子很快把作文写出来了,赵爽的猜测被证实了,腊鸭不是飞走的,是儿子送走的。他摸摸儿子的头,说:"儿子,你从小就有扶困济贫意识,很像爸爸的性格,不过以后要跟爸爸说一声,别让爸爸以为腊鸭飞走了。"

"我怕你舍不得。"

"扶困助贫是应该的。"

这时,赵爽的手机"叮当"一声,朋友圈里发来一张图片,上面

第一辑　莞邑往事

一行字"种养大户偷腊鸭",图片里的人正是他。

儿子接过手机一看,大声地问:"爸爸你去偷腊鸭?"

赵爽把事情的来龙去脉告诉儿子,儿子大笑起来,说:"你被人家偷拍了,我来给你辟谣!"说完到大院里拍了一张图片,题目叫"种养大户送腊鸭",也发到朋友圈里。

霎时,朋友圈里热闹起来,大家都给"送腊鸭的种养大户"点赞。

看完朋友圈,儿子搂着父亲的肩头,说:"过几天就过年了,有些贫困户还没送腊鸭呢?"

"走,给大家送年礼去,让贫困户过一个肥年!"

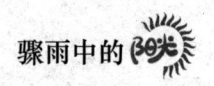

红马甲黑马甲

　　红马甲、黑马甲是小城两种行业的工作服，穿红马甲的是环卫所的清洁工人，穿黑马甲的是银行职员。红、黑马甲在大街小巷飘荡，成了小城一道亮丽的风景。

　　红与黑是时下社会的流行色，就像曾经流行过的蓝灰色和草绿色一样，充满时代特色和生活情趣。在小城里，劳力者的工作服都是红的或橙红的，如清洁工、搬运工、维修工、扳道工、三轮车夫……劳心者的制服都是黑色的，如公检法、治安队、金融财会等。劳力者好红，以红为戒，用警告张扬的红色作保护；劳心者尚黑，以黑为贵，以深沉高贵的黑色作标榜。不管色彩的内涵如何，红与黑都是当今社会的亮色。

　　阿香是黑马甲队伍里的新兵，镇长的千金，刚走出校门就被安排在银行储蓄所上班。在红马甲的行列里，有一位扫街大嫂，叫阿兰，五十岁光景，高颧骨，厚嘴唇，重眼袋，属本地"洗脚上田"的富余劳

第一辑 莞邑往事

力，经劳动部门职业培训后到环卫所上岗，已有一年多了。储蓄所周边的人行道和马路是阿兰的保洁范围。她负责的地段，连一片纸屑也寻不到。她的女儿也穿黑马甲，是储蓄所所长，银行里的一个小头头。阿兰除了扫街，还义务为女儿的工作单位打扫卫生，整理内务，因此，储蓄所里的陈设、通道、规矩她都一清二楚。刚穿上黑马甲的阿香不知道这一切，只是从银行领导的口里知道所长是一名理财高手、业务骨干、政治标兵，是她学习的好榜样。在储蓄所里出出入入的客人都说储蓄所"门前三包"做得好，黑马甲姑娘只是笑笑。

一天，银行新兵阿香骑着女式摩托上班来了。她头戴红头盔，身穿黑马甲，脚蹬长筒靴，英姿飒爽，靓丽动人，惹得行人频频回头。早上马路刚洒过水，湿漉漉，亮闪闪，空气特别清新。正在马路边清扫积水的红马甲阿兰没注意阿香的新摩托，把几点带泥沙的脏水溅到刚下车的阿香的长筒靴上。阿香摘下头盔，甩出了一句本地粗口——"痴线"，便推着摩托车向储蓄所门口走去。阿兰是本地人，听懂那句骂人的话，也不计较，只管蹲下身去要为阿香抹去靴帮上的泥沙。黑马甲阿香双脚一缩，往后一跳，一手拨开红马甲的手，然后从挎包里掏出纸巾，把碰过清洁工人的手擦了又擦，随即把纸巾揉作一团，重重地摔在地上。穿红马甲的阿兰咧了一下嘴，弯下腰去把"黑马甲"刚扔下的纸巾捡起来，放在路边垃圾桶里。"黑马甲"若无其事地锁好摩托车，打开储蓄所的卷闸门，"咯咯咯"地向办公室走去。

这时，一名西装革履的男子也走进储蓄所，他东张西望，一步三回头。红马甲阿兰见他形迹可疑，便多了个心眼，倚在储蓄所门口拐角处，佯装看街景，眼角却朝储蓄所大厅里瞟。"黑马甲"刚在柜位坐

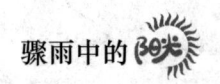

好，西装男子便从柜位窗口里递给她一张纸条。"黑马甲"见字后忙冲出去关办公室防盗门，还没走到门口，男子已冲了进来，用手枪指着"黑马甲"的头，要她把保险柜的门打开。"黑马甲"吓得脸上的两朵红晕变成了白色，两脚像筛米似的颤抖，完全没了刚才在"红马甲"面前的威风。突然，穿红马甲的阿兰一阵风般冲进营业大厅，熟练地按响了报警器。霎时，铃声大作，警报声长鸣，打劫银行的歹徒忙把手中的玩具手枪一扔，箭一般冲出储蓄所。"红马甲"走进办公室柜位，把吓得软瘫在地上的阿香姑娘搂在怀里，轻轻拍她的背。刚才惊得说不出话来的储蓄姑娘躺在扫街老阿姨的怀里号啕大哭。老阿姨不住地安抚阿香，"红马甲"与"黑马甲"紧紧依偎在一起，两个不同职业、不同地位的人成了同一条战壕里的战友。

  民警来了，穿黑马甲的银行领导也来了。行长一进门，立即质问"红马甲"："银行重地，谁批准你进来的！"红马甲也不争辩，径直向储蓄所门口走去。随行长赶来的储蓄所所长在行长身后轻轻地说："这是我妈。"行长忙说："为什么不早说！"阿香听说清洁老阿姨是所长的妈妈，激动地说："所长，是您母亲救了我！"说完，冲出去找"红马甲"，哪里还有老阿姨的影子？"红马甲"早已消失在马路上的车河人海里了。

第一辑 莞邑往事

"好酸，好孙"

大年初四，风和日丽。大清早，十岁的志坚蹦蹦跳跳地跟着母亲去亲戚家吃"丁酒"。

志坚的家与亲戚的家在同一个村子，这里是远近闻名的"沙菠村"，村里有大片大片的沙菠园，各家各户门前屋后都有几棵沙菠树。沙菠又名"三菠"或"酸菠"。村里种的大多数是酸沙菠，咬一口令人龇牙咧嘴。沙菠一年两熟，满树挂满五星形的肉果，连树干枝杈都挂满串串果实。村里有首童谣谜语："红绳拴绿牛，挂正树丫头，唔怕风，唔怕雨，只怕贼来偷。"谜底就是沙菠。

村里开灯饮丁酒的时候，正是第一茬沙菠成熟的时候。开灯饮丁酒是莞邑农村的风俗，谁家生了男孩，来年就要开灯摆丁酒，正月初一开灯，正月十五结灯。为了开灯庆祝，男孩的父亲（丁公）年初三就要到墟场购买丁货，如茶山绸衣灯公、和睦灯、葱蒜等。回来把灯摆在祠

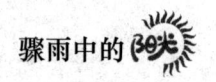

堂里，宣告家族又添了一名新丁。

"丁酒"十分丰富，大人们都要给男丁赏利是（红包）唱祝福，饭后是例牌"饭后果"，主人家拿出大盘沙菝给客人们尝鲜，切成一片片的五星形，鲜果十分诱人，客人们都懂得主人家的心愿，明知道沙菝是酸的，却争着抢吃，边食边说："好孙（酸），好孙（酸）。"小志坚用牙签挑了一块往嘴里送，一口咬下去又大口吐出来，连说："酸（孙）死了，酸（孙）死了。"母亲见状忙打了他一巴掌，说："猪头炳，唔出声冇人话你系哑嘅！"小志坚弄不明白，说实话还要挨打？只当听不见的主人家像没事儿一样抱着孙子走开了。

二十年过去了，志坚结婚生子，照例开灯摆丁酒，照例是饭后果吃沙菝。这时，改革开放，适应市场，村里的酸沙菝早已淘汰了，村前村后都是甜沙菝（阳桃），志坚的母亲端出来一大盘沙菝，客人们还是那句话"好酸（孙），好酸（孙）"。志坚弄不明白，明明是甜的阳桃（沙菝），为什么还说好酸呢？他用牙签挑了一片沙菝往嘴里送，酸得连牙也掉了下来。原来，他老妈子为了达到"好孙"的目的，特地到外村买来几斤酸沙菝，卖酸沙菝的人家问她，你家不是有几棵甜沙菝吗，为什么还要买酸沙菝？老妈子说："唔话你知，让你心思思。"

志坚看到那些宾客吃酸沙菝吃得龇牙咧嘴，忙到屋后摘下几个大阳桃，切了一大盘让大家品尝，客人们连声说："好甜，好甜，点丁的日子就是甜。"志坚默不作声端着那盘酸沙菝往门外走去。

在一片"好甜"的欢笑声中，抱着孙子在席间转悠听祝福的老妈子拿了一块沙菝往嘴里送，霎时齿颊留香，满嘴鲜甜。她知道果盘让儿子换掉了，一口把沙菝吞下肚，然后大声喊："阿坚，快把酸沙菝拿回

第一辑　莞邑往事

来！我要听'好孙（酸），好孙（酸）'哩！"

阿坚把那盘酸沙菱端回来，摆在桌子上，嘴里喃喃地说："什么时候了，还说沙菱是酸的好，真是老顽固。"

老妈子没作声，得意地抱着孙子走开了。

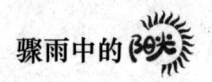

肥婆卖大包

　　打石街口有间包子店,专卖"东莞大包"。"东莞大包"是本地传统地方特色"生肉包",个儿大馅多味美,是本地人早餐的主打食品,外地人也"食过返寻味"。

　　包子店是夫妻店,店内做作坊,铺面做门市。老板四十多岁,戴一顶半尺高的白厨师帽,穿一身洗旧的白色工作服,结结实实,高高瘦瘦,像店里压面的大竹昇(杠)。老板娘却是个大肥婆,年纪与老板相仿,圆口圆脸,矮矮墩墩。老板负责制作和送货(外卖),老板娘在门口卖大包,有人来买包子了,她左手揭开炊笼盖,右手扯下一个小塑料袋,把热乎乎的裸包套上,再用一个大一点的塑料袋做外包装。顾客把钱递给老板娘,心满意足地离开了。买包子的人多,老板娘顾得了袋包子,顾不了找零钱,客人等急了发脾气,这个时候,老板就会放下手上的活出来帮忙,打包,找钱……

第一辑　莞邑往事

每天上班我都要经过打石街口，顺便在包子店买几个"东莞大包"做早餐。来到店门口，我把自行车一停，两脚撑地上，一手按车铃。老板娘知道我来了，先向我打个手势——伸出三个指头，等我点头后，她便包起三个包子走出门口交给我，我根本用不着下车。收下包钱，她便急急脚往回走，两只胳膊大幅度地左右摆动，两条矮腿像两条鼓槌，敲得大地咚咚作响。记得"东莞大包"刚开张，我问老板娘："肥婆，有料吗？"老板娘两眼一瞪两手一拍，说："肥婆没料，肥婆的大包足料！"果然，大包里有猪肉、鸡肉、鸡蛋，还有冬菇、肉松、马蹄。从此我爱上了价廉物美的"东莞大包"！

一天，我刚在店门口停下车，老板娘就高声对我说："不好意思，昨天打暑期工的儿子不知价钱多收了你三块钱，今天就不用给钱了！"这时一个乞讨的老太婆巍巍癫癫地走过来，把"饭兜"伸向老板娘。我忙叫老板娘把包子送给老太婆。

"肥婆送大包啰！""肥婆送大包啰！"不知从哪儿冒出几个老的少的乞丐，大喊着摊开两只手围着老板娘转。"嘿！"一声大喝，正在店里制作包子的老板挥舞着竹昇冲了出来。我忙止住老板，叫老板娘给每个乞丐送两个大包，由我来埋单。老少乞丐捧着两个碗口大的"东莞大包"呼啸而去。我在众人面前亮出又破又旧的银包，从一叠百元大钞中抽出一张递给老板娘，老板娘却挡住我的手，说："不用你埋单，今天是'慈善日'，肥婆做善事送善包。"这时我突然想起来"全市慈善日"已经过去几天了，老板娘是忙糊涂了。

第二天早上，在包子店门口又见到那个老太婆，她东张西望，躲躲闪闪。我想，老太婆又来蹭包子吃了，忙从银包里多拿了几块钱，并

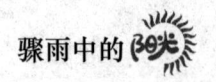

叫老板娘给老太婆送包子，老太婆却神秘地把我叫到一边，从怀里掏出一个破旧银包："同志叔，昨晚我在公园花槽里捡到一个银包，跟你那个一模一样，等了老半天，终于见到你，现把它还给你，物归原主。"

我打开银包，里面没有钱，但夹层里有一张银行卡，一张社保卡，还有几张外卖优惠卡。

"老大娘，这个银包不是我的，我替你找失主。"说完按照外卖优惠卡上的电话号码拨过去。突然，包子店里响起一串清脆的彩铃声，只见老板双手往两腿边一擦，从裤袋里掏出手机大声"喂"起来。

原来银包是老板送外卖时丢失了的，还没报失呢！他把失而复得的银行卡和社保卡往面桌上一放，揭开炊笼盖，把两个大包往乞食老太婆怀里塞，老太婆却一个劲地往后躲。

嘻嘻！这一回不是"肥婆送善包"，而是"高佬送谢包"了。

第一辑　莞邑往事

谁是共产党员

　　大清早，一队"匪军"就把村子包围了，全村男女老少几百人被赶到村头晒谷场，几十名黄衣黄帽的"士兵"荷枪实弹地在周边虎视眈眈。

　　一名戴大盖帽的军官挥舞着手枪向人群大喊大叫："谁是干部？谁是共产党员？统统给我滚出来。"

　　人群中一阵骚动，传来一阵阵小孩子的哭喊声。突然，一条大黄狗从人群里冲出来，对着挥舞手枪的军官狂吠。"砰"的一声，大黄狗在血泊里抽搐着，军官吹了吹枪筒，狂妄地说："不说出谁是共产党员，全村人都像这条狗一样，枪毙！"

　　说完，他用手枪指着一个戴着眼镜的男人："出来，斯斯文文的，肯定是个干部，共产党员！"那男人扑通一声跪下来，连声说："长官，我只是个剃头佬，不是干部，更不是共产党员。"军官一巴掌

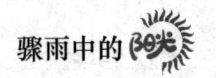

捆在剃头佬脸上："是不是共产党，打过便知，给我打！"几名士兵冲上来，轮番打了剃头佬几枪托，打得他大声求饶。军官一挥手："滚，你不是共产党员，是个怕死鬼！"

剃头佬跑到旁边去了。"机枪准备！"军官下令。

机枪手把机枪架在地上，瞄准人群，准备射击。

这时，人群里有人举起双手，大声喊："长官，我知道谁是干部，谁是共产党员！"

大家寻声望去，是村里的坏分子阿广，他挨着人群一一指认："这是大队支部书记，这是大队长、治保主任、妇联主任……"被他指认的大队干部有的向他伸出拳头，有的瞪了他一眼，有的摇摇头，然后迈开大步走出人群。

"你们是共产党干部，给我绑了！那小子也给绑了。"军官说完，士兵把他们绑在晒谷场木柱上。

突然，一个浓眉大眼的红脸汉子冲了出来，大声叫："他们都不是共产党员，我才是真正的共产党员！"几名士兵冲上来，把红脸大汉五花大绑。这时，人群里有人大喊："阿勇，我们会把你的子女养大的！"

"这才是真正的共产党员！"军官把手枪塞进枪套，然后低下头，举起放在地上的大纸板，大家惊奇地发现纸板上面写着四个大字，"演习结束"。在人们惊愕的目光中，"士兵"把几名被绑者松了绑，只有坏分子阿广没松绑，留给大队干部去教育。

这是一场20世纪60年代公社武装部组织的"战备演习"，知道这件事的只有三个人：公社书记，社长和武装部长。那时正在"备战备荒

第一辑 莞邑往事

为人民"。

这个故事是爷爷讲给我听的,故事过去几十年了,那个红脸汉子阿勇就是我爷爷,那时他只是个生产队的队长,还不是共产党员。

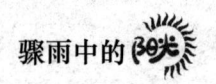

傻 仔 秋

俗话说"傻人有傻福"。山区老街的傻仔秋就应验了这句话，娶了个老婆，老婆给他带来个孩子，光棍佬一步到位成了"爸爸"。

傻仔秋，本名叫"查志秋"，今年四十多岁了，出生在一个山草药世家，爷爷和父亲都是山里有名的草头王。父亲还是个蛇医，治好了不少被蛇咬伤的山民。阿秋虽然有点痴线（童年时发高烧烧坏了大脑），但天生聪明好学，经常跟父亲上山采药，认识许多山草药，尤其是蛇药，成了第三代"草头王"。

阿秋家在老街开了间山草药铺，阿秋采药，母亲卖药，两人相依为命，山草药铺方便了许多人，在缺医少药的山区，草药铺成了家名店。因为家穷，没劳力，阿秋成了个"钻石王老五"。

阿秋经常到虎尾山挖树仔头。虎尾山跟虎头山、虎背山连在一

第一辑 莞邑往事

起,绵延数公里,还处于半原始状态,山草药十分丰富,成了阿秋母子生计之源。一天,阿秋正在山间挖树仔头,听到山下有人大喊救命。阿秋忙举起山锄冲下山去。只见一名中年妇女在大声喊叫,说给蛇咬了。阿秋忙蹲下身来,用随身携带的矿泉水给她冲洗伤口,并告诉伤者她是给无毒蛇咬的,不用怕。冲洗完后,阿秋在附近找了几味蛇药,用嘴嚼烂,敷在伤口上。不知是蛇药的作用还是心理作用,伤者不再大喊大叫了。

从此之后,阿秋经常在虎尾山上碰到那个被咬伤的妇女,她有时来砍松枝,有时来割山草。两人见了面先是笑笑,后来便成了无话不谈的熟人。阿秋知道妇女叫"阿梅",是个结了两次婚的寡妇,与一个五岁的儿子相依为命。阿秋人过中年,依然单身,两个人都有点"在一起"的意思。

老光棍与寡妇一个不嫌箩疏,一个不嫌米碎,经媒人撮合,一串鞭炮过后,阿梅带着儿子走进了阿秋家。阿秋既成了丈夫,又成了父亲,一步到位,阿梅也完成了"三嫁"。婚后,阿秋依然天天去采山草药,阿梅与家婆一起守着草药铺。

一天,草药铺来了两个客人,一个是阿梅的第二任丈夫,一个是媒人婆。第二任前夫说要取回孩子的抚养权。阿秋说:"你带一百万来,孩子你就带走。"阿梅却说,一百万也无用,孩子不是他的,是死去的第一任丈夫的。

原来,孩子出生后,丈夫便出车祸死了,阿梅嫁给了第二任丈夫,第二任丈夫虽然生得细皮嫩肉,却是个脾气较坏的人,又喜欢赌博,许多姑娘见了他就掉头走,年近四十只得娶了寡妇阿梅。二婚后,

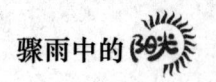

丈夫嫌弃阿梅之前结过婚，还带着个孩子，一句不合就打骂，还经常不给母子饭吃。阿梅着实挨不过去，一次被丈夫毒打后，咬牙跟他离婚，再次成了单身妈妈。

"哈哈，孩子不是你的种，白养人家孩子几年，到头来竹篮打水一场空。"傻仔秋拍掌大笑。

"也不是你的种，还不是当个养父，高兴什么？真的是个傻子。"

"我捡了个便宜仔，你却赔了夫人又折兵，还是我比你强。"

"不跟傻子讲废话，媒人婆，我们走。"凶神恶煞的第二任丈夫一脚踢倒一堆山草药，与媒婆一起夺门而出。

夺人事件后，阿秋视孩子为己出，初时孩子还只是叫他"叔叔"，后来改叫"爸爸"了，阿秋天天乐得合不了嘴。阿秋把孩子送去幼儿园，一天数次接儿子上下学。晴天怕晒着孩子，买了顶草帽让孩子遮阳，自己却顶着大太阳晒了个满头大汗；雨天让孩子披着雨披，自己冒雨骑车，回到家已成了"落汤鸡"。阿秋乐此不疲，从没因风雨让儿子旷课。

有时，阿秋还带孩子上山挖山草药，孩子指着一棵四方骨对面叶的草药问阿秋："爸爸，这株草药很奇特，叫什么药？""这是一种蛇药，叫还魂益母草，也是我和你妈的姻缘草。"孩子似懂非懂地点点头，又问起其他的草药来了。阿秋见孩子对山草药感兴趣，节假日都带孩子上山挖山草药，他要把孩子培养成自己的接班人——第四代山草药传承人。

阿秋采药更勤了，草药铺的生意更好了，成了山里一间旺铺，三

第一辑　莞邑往事

嫁娘成了老板娘，阿秋妈成了山草药铺顾问，一向死气沉沉的草药铺充满了欢声笑语。人们对阿秋也另眼看待，不再叫他"傻仔秋"，恢复了他的大号"查志秋"。

第二辑 真情速递

画里画着一根弯弯曲曲的拐杖，抓手处是一个鸟嘴般的弯头，下面是三截涂着不同颜色的管子，旁边写着几个字："爷爷的金拐杖"。孙子拉着爷爷的手说："爷爷，这拐杖很神奇，可以变身为三截棍，也可以组装成机械手杖。爷爷，我更神奇，长大了我当你的拐杖，好不好？"

　　　　　　——《长大后做你的拐杖》

第二辑　真情速递

怎么会是你

　　一连几天，城关派出所都接到群众投诉，说城关公园有一个撑着黑伞戴着墨镜的老头专门追逐女孩子。所长李正觉得问题严重，连忙派两名女警便服侦查。

　　两名警花换上靓丽的运动服到公园侦察，公园内人声鼎沸，跳广场舞的、弹唱高歌的、跑步打拳的，让公园成了中老年人的世界。女警们发现在人流中有一名满头白发的老头跟在一个靓女身后走，靓女走得快他也走得快，靓女停下步来他也停下来。靓女走出公园门口消失了，老头回过头来看到别的靓女又跟着走。靓女走出公园，老头便折回来继续寻找目标。女警不动声色隐在树下观察，看到老头只是跟着靓女走，并无不轨行为，也就放下心来。一连几天都是如此，于是她们把他带回派出所问话。

　　在所长办公室，李所长一见抓来的人一下愣住了："爸，怎么会

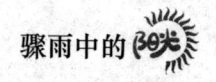

是你！"说完，拉过一把椅子让老头坐下。老头子一屁股坐下来，粗声大气地说："我怎么了？追女仔又不犯法！"李所长递上一杯热茶，细声细气地说："但是社会影响不好。"老头子一下子站起来，拉着所长的手说："有什么不好？阿正，你小时候不也是天天在街上追女仔吗？"

老头子的话一下子让李所长想起小时候的事来了。那时他只有三四岁，妈妈因他那当警察的爸爸天天只顾工作不顾家而离家出走了，他跟着爸爸出街，只要见到靓女便追上去哭喊叫妈妈，等看清不是他妈妈后，才屁颠颠地跑回到爸爸身边。一次，爸爸牵着他的手等红灯，忽然看到对面有个阿姨正向他招手（其实是在擦汗），他忙甩开爸爸的手，向对面冲去，爸爸一个鱼跃扑上去，摔倒在斑马线上，怀里却紧紧地抱着他。这时一辆小车呼啸而过，爸爸说，好险，好险，他却哭喊着找妈妈……爸爸怕儿子受委屈，一直没给他找后妈。如今爸爸从局长的位子上退下来了，最大的兴趣就是晨运"追女仔"，他说"追女仔"的游戏令晨运变得乐趣无穷，不厌不累，是项创新。李所长拍拍老爸的肩头说："爸，没事了，回家吧。""不！我还要回公园追女仔！"

老头子从派出所走出来了，那两名女警正抿着嘴笑。

第二天，老头准时出现在公园门口，他挂着一把大黑伞，戴着墨镜四处张望找寻目标。在他面前，不时有两个靓女在他眼前晃动，引他追赶。

一天，老头见一男子冲过来要抢前面女孩子的手机，他忙把墨镜一丢，大伞一收，把伞柄往那歹徒颈上一甩，像用套马杆般把他拽倒在地，跟随的两个靓女赶上来，用手铐铐住了歹徒的双手。这时老头认出

第二辑　真情速递

来了，这两个靓女正是在派出所门口偷笑的女警！

"怎么会是你们？"

女警笑而不答，押着歹徒大步往公园门口走去。

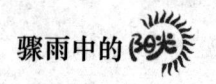

长大后做你的拐杖

  吉祥伯中风康复后,腿脚变得不灵便了,走起路来一拐一拐的。于是,那把黑雨伞成了他的随身物件。常常带着它上松山、行莲湖、穿街过巷,晴天遮阳,雨天挡雨,平时当拐杖用,他逢人便说,这叫一物多用,一举多得。吉祥伯把雨伞叫作"多功能拐杖",人们把吉祥伯叫作"雨伞爷爷"。

  "雨伞爷爷"的女儿喜欢园艺,工余假日常在花园里忙碌,修整树木,缠绕花草,硬是把花草树木做出不同的造型,有动物的,如"鱼跃龙门""蟠龙戏珠""苍鹰展翅"等,有植物的,如大花篮、通心柱、迎客松等,花园盆景形状各异、精彩纷呈、妙趣横生,令人浮想联翩。

  一天,她在那棵杜鹃花下寻思,发现一根直直的、脚趾般粗的树枝在约一米处画了一个圆圈往上长,茁壮舒展,她想,这是一根理想的

第二辑 真情速递

拐杖，忙在圆圈切点处把向上长的枝条剪下，然后把笔直的树枝锯下来。果然，一根拐杖的形状出来了：笔直的树枝粗壮坚实，圆圈正好当抓手。她连树皮也没有剥，就把带圆圈的拐杖送给父亲："爸爸，给你一根原生态的拐杖，那把雨伞可以退休了。"吉祥伯接过带圆圈的木拐杖，果然顺手，便拄着它在园子里点来点去。后来，圆圈拐杖成了他的第三条腿。

吉祥伯的孙子正读一年级，调皮好奇，他也喜欢这根圆圈拐杖，常常趁爷爷不注意，拄着它在屋子里走来走去。他拄着拐杖，弓着腰，蹒跚地往前走，惹得大家把眼泪都笑出来了。爷爷笑着说："小心，别把爷爷的宝贝弄丢了。"

圆圈拐杖真的弄丢了，也不知谁弄丢的，吉祥伯又拄着那把黑雨伞走在晚年的晴天雨天里，人们说："雨伞爷爷回来了。"女儿又在园子里打量着各种树木，想要给父亲再找一根原生态的拐杖。

一天，小孙子放学回家，拿着一幅蜡笔画走到爷爷跟前，说："爷爷，给你一支金拐杖！"吉祥伯接过画纸，连胡子也笑直了：画里画着一根弯弯曲曲的拐杖，抓手处是一个鸟嘴般的弯头，下面是三截涂着不同颜色的管子，旁边写着几个字——"爷爷的金拐杖"。孙子拉着爷爷的手说："爷爷，这拐杖很神奇，可以变身为三截棍，也可以组装成机械手杖。爷爷，我更神奇，长大了我当你的拐杖，好不好？"吉祥伯忙说："好，好，好！爷爷等着，爷爷等着。"

全家人都笑了。

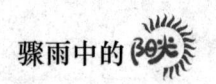

"完美"厂长

完美塑胶制品厂是一间微型企业（小厂），只有十几个人，七八台机器，加盟了省内一著名手机集团公司，专门为其生产配件——手机机壳。

女厂长姓袁名媚，是本地"洗脚上田"的富余劳力，四十多岁。这个年龄段的女人，进厂打工无人要，只好自谋职业，干个体。袁媚的老公在香港，靠朋友介绍在家里办了个小厂。袁厂长深知人际关系的重要性，再加上她的经济头脑，因而订单不断，生意做得风生水起，袁媚成了"城中村皇后"。

"皇后"性格泼辣张扬，争强好胜，她不但要求产品完美，还要求员工心灵完美。她按自己名字的谐音，把工厂命名为"完美"，袁厂长思想活络，常以各种机会考验员工的忠诚。在东莞，像这样自建厂房办厂的家庭作坊女老板很普遍。

第二辑　真情速递

去年除夕，工厂组织留厂员工在"美味"火锅城吃年夜饭，袁厂长叫服务员在每一席上放几个生鸡蛋。老员工知道老板心眼儿多，谁也不去动那些鸡蛋。几个刚来顶春节工的小青年不明就里，拿起鸡蛋往火锅里放，生蛋遇着滚汤炸裂开来，乒乓作响，引来了厂长。厂长说他们调皮捣蛋，不懂规矩。第二天，这几个临工收到厂长的"炒鱿信"，厂长叫他们"滚蛋"。

中秋节，全体员工在工厂大院赏月。院子里摆了三张圆桌，每个桌子上摆着一碟煮花生、一盒"四喜"月饼，有蛋黄月、莲蓉月、五仁月和豆沙月，五个水晶大梨子，还有十个百元大红包。晚上9点过后，一片片云彩闪开，躲在云丛中的圆月露出笑脸，像一个大月饼高悬天上，袁厂长点燃赏月台上的大蜡烛，大声宣布："完美厂员工赏月开始！"员工们端起香茶，在厂长带领下对着月亮拜三拜，然后把茶水洒在月光里。

跟袁厂长围坐一席的有邻居刘婶、下岗工人王师傅，还有几名外来妹。刘婶打开月饼盒，拿出里面的塑料小刀，把每个月饼切成四块，然后对厂长说："请厂长剪彩！"厂长也不客气，接过刘婶递过来的小叉子，挑了一角莲蓉月饼，一口送进大嘴里。大家笑着说："厂长带头，员工跟进！"说完拿起叉子向各自喜欢的月饼叉去。

一串大炮仗响过后，院子里铺满红红的纸碎，院子里弥漫着淡淡硝烟，袁厂长和刘婶打扫"战场"。桌子上的月饼和红包不见了，梨子却一个也不少，袁厂长说："今天枉花了买梨钱！"刘婶说："钱没白花，梨子把员工的心声试出来了，厂里效益好，福利高，谁也不肯离（梨）开，不愿分离（梨）。"袁厂长听了哈哈大笑。

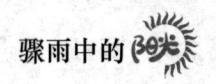

俗话说"十五的月亮十六圆"。正月十六月圆之夜,彩云追月,厂长追加节日慰问金,每个员工再拿到一个百元大红包。

不久,公司总部召开表彰大会,表彰业绩好的厂长、经理和销售精英。会后举行抽奖,主持抽奖晚会的是集团公司总经理王生。到了抽大奖环节,王总一点鼠标,大屏幕里闪出一行大字:"1+1等于几?"人们盯着大屏幕,有的说"1+1=2",有的说"1+1=3",有的说"1+1还是等于1"……王总说:"这是一道IQ题,要'脑筋急转弯'。"这时袁厂长身边一个靓女举起手,在空中书写了一个"倒8字",大声说:"1+1等于无限大!"王总猛击双掌,笑逐颜开,说:"靓女智商高,寓意好,只要我们齐心合力,我们的公司前程无限,业绩辉煌。"说完,送给靓女一个大奖——一部公司刚研发成功的智能手机。

袁厂长高声对周围的人说:"这个靓女是我们厂的销售主任,我的未来新抱(儿媳)。"

第二辑　真情速递

老伴和她的黑名单

　　老伴比我小三岁，却比我早三年退休。老伴退休前在镇妇联工作，专管婆婆妈妈、家长里短的事，调解家庭纠纷是她的强项。老伴退休后担任家庭财政部长。

　　退休后的老伴有一个黑名单。

　　老伴的黑名单不在电脑里，也不在她的手机里，而是在她的钱袋里。钱袋是个黑色塑料袋，黑名单是放在钱袋里的小本子，小本子记录着每天支出明细和她看到听到的不诚信的人和事。

　　光头收买佬也在她的黑名单里。

　　进入黑名单的还有卖注水猪肉的猪肉荣、把酸沙菝当甜阳桃卖的口水威、材料以次充好的装修老板大头扬、专门骗老人钱财的保健品店老板……

　　我对老伴说："这叫多管闲事，没听说'事不关己高高挂起，明

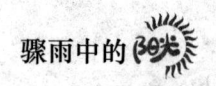

知不对少说为佳'吗？退休了还在瞎操心！"老伴说："我就容不得不诚信的人和事，你还是国家公务员呢，觉悟还不如我这个老太婆，你有这种思想就该入黑名单！"

我不想进入她的黑名单，忙换了话题说："光头收买佬怎么进了你的黑名单？"老伴说："这个光头收买佬不诚实，不但压低收购价，还短斤缺两！"

卖废品是老伴的"专利"，家里储存的纸皮、旧报纸、易拉罐、塑料瓶等废品都是她经手卖给收买佬的。一次卖纸皮，光头收买佬指着几大捆纸皮告诉她，一共八十斤。老伴逐捆掂了掂，很沉很重，应该不只八十斤。她去邻居家借来一把大秤，几捆纸皮一起称，结果是一百多斤，收买佬的秤足足少了二十斤。她问收买佬："为什么少这么多？"收买佬说："我没文化，口算能力差，合计错了。"老伴说："你心里就是小秤，不诚实。"老伴记住了这个光头收买佬，从此再不把废品卖给他。我说："收废品的生计不容易，他们大多是外省人，离乡背井穿街过巷收废品养家糊口不容易，就当扶贫吧。"老伴说："同情归同情，我眼里藏不下这些不老实的人。"我说："卖废品是蝇头小利，不要太认真。"老伴说："欺骗老太婆就是不应该！"

后来，老伴对我说，钱袋不见了，袋里钱不多，只是丢了黑名单很可惜。

一天早上，老伴到市场买菜，街头传来收废品的吆喝声，这是电喇叭的声音，越来越响，我出门一看，一辆电动三轮车从街口驶来，车把上挂着一块"收废品"的硬纸皮，电喇叭就装在硬纸皮下。骑车的是一个高高瘦瘦的光头收买佬，我问他："旧报纸几钱一斤？"他说：

第二辑 真情速递

"品相好四毛钱一斤。"觉得价钱还可以，我招呼他上门，要把一大箱的旧报纸卖给他。

旧报纸箱在杂物房，冒尖的纸箱里的旧报纸是半年积下来的，有成张摊开的，有对折叠好的，散乱地堆放在大纸箱里。光头收买佬把旧报纸一张张拾掇好，叠成叠，用尼龙绳捆好，然后小心地把一沓沓旧报纸装进又破又脏的大编织袋里。

这时老伴回来了，见有人在收拾旧报纸，警惕地一望，对我说："这个人已上了黑名单，不能把废品卖给他！"我说："我不知道他进入你的黑名单，下不为例。"老伴说："给你破例了，我去邻居家借大秤，别又给他骗了！"收买佬听不懂我们的方言土语，还挥手跟老伴打招呼哩。老伴不理他，径直往邻居家走去。

一会儿，收买佬从杂物房里走出来，扬着手里的黑胶袋："老板，报纸里有个钱袋！"我接过一看，是老伴丢失了的简易钱袋，忙大声喊："老太婆，你的钱袋找到了。"老伴大步从厨房里走出来，接过钱袋，从袋里掏出十几张钞票，有大钞也有小钞，还有一个小本子。老伴把钱放回钱袋，快步走回厨房。

一会儿，老伴出来了，手里拿着一瓶矿泉水递给收买佬，"谢谢你帮我解了个心结。"又对我说："我还以为钱袋给扒仔扒了，原来混在报纸堆里。"我说："这里还有个小本子哩，是你的黑名单。"老伴大声说："老头子，帮我删除光头收买佬。"说完，扛起大秤急匆匆地向邻居家走去。

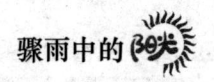

送气工阿强

王强是湖南常德人，来东莞打工已有十个年头了，先前做泥水小工，后来到石油气站当送气员，编号08。王强当送气员也有好几年了。

08号送气工经常给小区8号楼送气，8号楼的住户都认识这个穿黄色工衣、戴眼镜的小伙子，亲切地叫他"阿强"。8号楼8楼（单元）的李阿婆更把他当成自家人，有好吃的东西都给他留着。阿强也常帮阿婆干点重活，比如送送煤气瓶、换换桶装水、扛扛袋米等，把阿婆的家当成了自己的家，他们说，老莞人，新莞人，都是一家人。

这天，阿强接到阿婆的电话，要他帮忙把没气的煤气瓶拆掉去充气。阿强特地拐过来帮忙，他走进8号楼电梯间，趁等电梯的间隙，他习惯地从口袋里掏出那个黑色的钱包，看看里面的几百块钱还在不在。钱包夹层里还有一张他与儿女的合照，钱就是准备为他们买一台点读机的。这时，电梯门开了，他忙把钱包塞进裤袋里。阿婆正从电梯里走出

第二辑 真情速递

来，阿婆一手拿着环保袋，一手拿着钱包，见阿强来了，忙把门匙递给他，说："我赶着到市场买菜，不上去了，麻烦你去一趟，把洗手间那个气瓶换下来充气。"

阿婆住在8楼，8楼是大单元，四房两厅，原先儿女们一人住一间，后来大儿子和大女儿结婚了，搬出去住了，房间便空了出来。阿婆跟小女儿住大房，三个小房租了出去了，大家共用一个洗手间。阿强来到8楼，开门进了洗手间，洗手间很宽敞，也很干净，有马桶、热水器、蒸气室。阿强熟练地拧开煤气瓶塞，正要把空瓶扛上肩，忽然看到马桶边有一个黑色的钱包，跟他那个一模一样。他想，谁那么不小心把钱包丢了？他不知道，钱包是阿婆设下的局，这几天，单元里来了几个新房客，她要试探这些同住一层楼的新房客是否"诚实"，特意把钱包放在洗手间。几天过去了，人们在洗手间进进出出，钱包仍然在那儿躺着。

阿强从洗手间里探出头来，左望望，右望望，没人！忙把头缩回去，猫着腰走向马桶处。他刚伸出右手，脑海里却放起了小"电影"：前些日子，他来帮阿婆送气，刚好阿婆的小女儿相亲，男女老少一起吃鸡蛋糖水。阿婆等阿强把气瓶装好了，递给他一碗鸡蛋糖水。阿强不肯接，抢着往门外走。阿婆拉住他说："这是当地的风俗，相亲时表示满意的便吃整蛋糖水，表示甜蜜圆满。你刚好来到，见面得福，鸡蛋糖水也有你一份。"阿强见盛情难却，忙放下煤气瓶，两手往裤腿间一擦，接过糖水吃起来。他用汤匙把又白又嫩的鸡蛋往嘴里送，手一震，鸡蛋从匙边滑下来，一骨碌滚到墙边，一动也不动。阿强抬眼四望，幸好大家都在说说笑笑，谁也没看到"滚蛋"。他忙把汤匙往碗里一搁，顺手把鸡蛋捡起来，吹了口气便送进嘴里。临出门，阿婆把用保鲜袋包着的两只红鸡蛋递给他，让他带回去给孩子吃，说小孩子吃了"相亲蛋"会快快长大……

电影结束了，阿强的手也缩了回去，心想这是阿婆的东西，我不能随便拿。阿强挺起胸，运足气，"嘿"一声把空瓶稳稳当当地扛在肩膀上。

走到电梯门口，阿强把煤气瓶放下来，又想到马桶边那个钱包，他想，不捡白不捡，单元里住了那么多人，谁知道钱包给谁捡了去？于是他又重新开了门，走进洗手间，若无其事地把钱包捡起来，飞快地塞进裤袋里，吹着口哨往回走。来到电梯门口，门边闪烁着楼层的号码，好像有人在向他眨眼，他觉得这个钱包还是不能要，要送回原地。这时电梯门开了，阿强来不及回去，忙把裤袋里的钱包丢在电梯门口，扛起煤气瓶走进电梯。电梯到了一楼，他刚走出电梯，却听见管理员大喝一声"钱包！"阿强吓了一跳，心虚地问："什么钱包？""我说，你掉了钱包！""我……我没……没丢钱包……""我从监控录像里看到你的钱包掉了，我去帮你把钱包捡回来。"

不到一分钟工夫，管理员从电梯里出来了，他把一个黑色的钱包递给阿强，阿强说："这个钱包不是我的。""不是你的还有谁的，里面还有一张小孩照片呢，孩子们长得很像你。"阿强一摸裤袋，裤袋里硬邦邦的，里面还有一个钱包，阿强明白，刚才匆忙间把钱包丢错了。他忙接过管理员递来的钱包，一看，几百块钱还在里面躺着。阿强说了声"谢谢"，然后把一条钥匙递给管理员，请他把钥匙交还给阿婆。说完，把煤气瓶往摩托车尾架的钩子上一放，"呼"地拧大油门，走出小区。

　　走到一偏僻处，阿强把车子停下来，掏出那个捡来的钱包，打开一看，里面有几十块钱，还有一张小卡片，上面写着几个清秀的字：请勿因小失大！

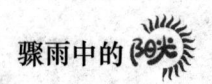

总裁的湿纸巾

  莫老总要参加母校五十周年华诞庆典,一早便来到酒店中餐厅饮早茶。老总今年刚好五十周岁,与母校同龄,青少年时代在中学度过了六年美好时光,那是他的黄金时代,老师的恩典让他终生受用不尽。几十年过去了,虽如今两鬓"白露",头顶"清明",但也事业有成了,是省里一家民营集团公司的董事长兼总裁。他刚从"大奔"里出来,刚离开方向盘的双手有点汗,忙呼唤在桌边帮别的客人点餐的服务员:"靓女,请给我一包湿纸巾。"
  "先生请稍候,让我帮这位客人找到珍珠排骨粉后再给你拿。"
  而在一旁的部长则不敢怠慢,忙走到服务台给老总送来一包湿纸巾。湿纸巾是总裁集团公司生产的,是国内著名品牌,畅销国内外,老总熟练地揭开纸巾封口,从里面拿出一张湿纸巾,用力一甩便递给额头上布满细碎汗珠的服务员。

第二辑　真情速递

"靓女，请擦擦汗。"

"谢谢，我这里有手帕。"服务员没有接湿纸巾，却把缠在腕上的花手帕解下来，腕上露出了一块精美的小手表。

部长忙接过湿纸巾递给服务员，并用力捏了一下她的手。"靓女，你是新来的？"

"是的，昨天才培训结束，今天是第一天上岗。"

"怪不得那么紧张，靓女，快把脸上的汗擦干净，服务员美好的形象是公司最亮丽的招牌。"

服务员接过部长递过来的湿纸巾，一边道谢，一边把脸上星星点点的汗珠擦干。这是她第一次用这么精美的纸巾擦脸，也是第一次获得客人的关注和关心。

直到这时，她还不知道送纸巾给她的人是什么人。

部长也不说破，只是下意识地捋了捋头发，拍了拍制服。她也要当个亮丽的招牌。

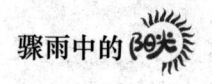

快 递 小 哥

　　我和刘总是在杂志理事会上认识的，我是杂志主编，刘总是杂志主要赞助商，我们成了朋友。刘总四十多岁，精明稳重，喜欢喝酒，却酒瘾大酒量小，知道我饮酒海量，每次饭局都要我作陪，我替他挡了不少酒弹。

　　一天，刘总打来电话，说他的"奥迪"给一辆电动车剐花了，要我过去帮忙交涉。我忙骑着摩托车赶到现场，只见一辆撑着长太阳伞的电动三轮车与黑色奥迪车纠缠在一起，刘总正在大声地斥责一位小青年。小青年是位快递小哥，他自知理亏任由刘总训斥，低着头望着脚尖，见我走来，低声叫了一声"莫主编"，当听说我是刘总搬来的救兵后，忙别过头望着远处。

　　快递小哥中等身材，眉清目秀，两颊有浅浅酒窝，送快递时满脸带笑。他还是一名文学青年，是镇文学会会员，我的文友，这一期杂志

第二辑　真情速递

正要发表他的一篇小小说。我记得他曾经是一名送水工，整天骑辆脚踏三轮车为专卖店送水。我家也是长期客户，他常常把新到的桶装水送到我家。现在改行送快递了，脚踏车变成电动车。今天因电动车刹车不灵，不小心在街角拐弯处把刘总停在路边的奥迪车剐花了。我问他奥迪司机要赔多少钱，他说五百元，可他身上只有三百元，司机不让走。我忙从口袋里掏出两张百元钞递给他，"先赔了钱再说。"快递小哥接过钱，连同手里的三百元一起交给司机。刘总接过钱，说："你是帮我还是帮他？"我说："不是为你讨到赔偿了吗？"刘总开车走了。快递小哥拉着我的手说："主编大人，过两天我把钱还你。"我说："不用还了，这是预付给你的稿费。"在围观人群的掌声中，快递小哥跳上电动车，"呼"一声送快递去了。

　　过了几天，刘总又给我打电话，说他撞人了，让我快过去给他壮胆。我连忙赶到现场，现场在莲湖边，奥迪车前头躺着一辆破旧的自行车，前轮扭曲了，挡板也掉在地上，一个头发蓬松的小伙子躺在地上呻吟，我问他哪里受伤了，他说小腿骨折了，我想去拉他，他忙摆手阻止我上前，周围围着两三层看热闹的人，几个跟伤者一样蓬头垢脸的小伙子正在跟刘总讨价还价。我站在刘总身边，他们没当我是一回事。这时快递小哥骑着电动车来了，他一看现场就对我说："莫主编，这几个人我认识，他们是碰瓷党，遇到碰瓷党，第一时间就是报警。"说完，拿起手机按号码。那几个碰瓷的见有人报警，忙四散而逃，刚才还说断了脚骨的伤者一骨碌爬起来，三步并作两步追赶他的同伴去了。刘总拍着小哥的肩头说："谢谢你帮了我的大忙。"快递小哥说："这样的事我也遇过，遇到碰瓷党，千万别私了。"刘总和快递小哥成了同一战壕里

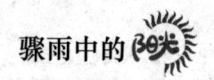

的战友。

　　半年之后，刘总又给我打来电话，说他的父亲晨运时给一辆电动三轮车碰倒了，要我陪他一起去医院。到了医院，快递小哥正从急救室走出来，刘总二话没说挥拳就打，这时急救室里守着老人的老太婆忙赶过来，挡住刘总的拳头，说："你太冲动了，撞倒你老爸的不是这个后生仔，是他送你老爸来医院的。"原来，他父亲晨运完后，随着一班老友过马路，一辆双轮电动车冲过来把他撞倒了，骑车的是个姑娘，撞了人头也不回地加大油门跑了，刚好跟在姑娘车后的快递小哥见状，同老太婆一起把老人家扶上车，然后送来医院。刘总原是握着的拳头舒展开来，握着小哥的手说："对不起，差点打了好人。"说完，从口袋里掏出一张名片递给快递小哥，"欢迎你来我的公司上班！"快递小哥接过名单，跟我握了握手，大步向医院门口走去。

　　我问刘总："怎样感谢这位好人？"刘总爽快地说："过几天请快递小哥喝酒，请你作陪。"我说："酒友加文友的盛会我一定参加，还要多叫几个文友哩！"

第二辑　真情速递

最后的换零

纺织城有对李姓夫妻，是国营纺织机械厂的双职工，男的叫阿强，在铸造车间当翻砂工；女的叫九嫂，厂饭堂杂工。随着经济大气候日趋转冷，夫妻俩的日子如倒餐甘蔗——越来越淡。纺织厂、制造厂，后是机修厂，最后李姓夫妇双双下了岗。

阿强的家在城乡接合部，门前是一口大鱼塘，屋后是一座关帝庙。这几年旧村改造，扩建鱼塘，种上莲藕；重修关帝庙，让人们上香祈福。原先荒凉偏僻的郊区成了旅游区。

阿强有经济头脑，下岗后在城中村率先开起了"话吧"（公用电话超市），两个人再就业成了小老板。话吧经营公用电话，附带卖香烛佛具、旅游商品，每月的收入比在厂里干活时还多。

起初，社会上手提电话（手机）还不多，超市里的公用电话间日夜有人进出，这几年手机普及了，功能也多了，来话吧打公用电话的人

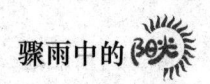

少了，公话间空着的时候多了。好在关帝庙香火旺了，来买香烛冥钱的善男信女多了。阿强审时度势，迅速转型，话吧成了香烛佛具专营店，从此风生水起，营业额芝麻开花——节节高。

夫妻店生意不愁，愁的却是没零钱找赎，走了许多单生意。九嫂常到银行兑换零钞，却无功而返。需要换零钱找赎的人太多了。一天，阿强给老婆出主意："老板娘，去关帝庙找那乞丐婆，零钞散钱她有的是。"

"我不想在乞丐钵头里抓食！"

"谁叫你去跟乞丐争食，大钱换小钱，对等交换，两家双赢！"

"我去试一试。"九嫂说完，抓起几张大钞到屋后关帝庙找乞丐婆。

乞丐老太婆是河南人，这里还没成城中村的时候已经来了。老太婆鬓发花白，脸布满干巴巴的皱纹，像断了流的河床。一年四季穿着蓝色大襟衫，双脚打着绑腿，穿着一双圆口黑布鞋，斜挎一只断耳黑色人造革包。老太婆有一支木拐杖，平时总是夹在腋下，一见汪汪叫的狗追来才把它亮出来。老太婆是个游动型乞丐，她站在人家门口，拿祈求的目光望着主人，嘴巴在动却无声。主人见老人可怜，都会往她伸过来的带豁口的搪瓷缸里放点钱。纸币无声，硬币在缸里叮当作响。听着响声，老太婆满脸皱纹舒展成了一朵路边菊。点头致谢后，把茶缸里的钱倒出来，小心地放进斜挎的黑色人造革包里，慢慢挪向另一家铺面。

乞丐婆经常光顾话吧，每一次九嫂都没有让她失望：正在吃饭时给她盛碗热饭，平时则给她一块几毛。久而久之，大家成了熟人。九嫂在庙里见到老太婆时，她正在破席上数钱，见九嫂进来，忙把钱挪了

第二辑 真情速递

挪，给九嫂腾出坐的地方。

"阿婆，找你帮个忙，兑换零钱散钞。"

"中！我正要去银行兑换大钱呢，大钱易收捡。"

九嫂和老太婆一起数钱，钱多是纸币，也有硬币。九嫂帮老太婆把平整好的钞票按十张一叠放好，成十字码起来，把硬币每十个便竖成圆柱，立时席子里出现了一幅立体画：一排排的平房，一幢幢的洋楼，平房与洋楼间是纵横交错的马路。老太婆清点好"房子"后，立体画即收进九嫂带来的黑色尼龙袋里。

九嫂起身要走了，老太婆在后面叫住她：

"老板娘，什么时候缺零钱就来找俺，俺大钱没有，小钱还是有的！"

"谢谢！"九嫂回应一声，走了。

有了乞丐婆这条换零门路，夫妻店再不愁没零钱找赎了。一日，乞丐婆来到香烛店门口，笑吟吟地说："老板娘，前几天换钱时差你三元七角，现补回给你。"

"阿婆，我还欠你人情呢，几块钱还记得那么清！"

"不中，人情归人情，数目要分明哩。"

转眼到了年底，冷空气纷纷南下，南方小城进入寒冬，年底零钱更缺，九嫂顶着凛冽的寒风去关帝庙找老太婆换零。

"阿婆！阿婆！"九嫂在庙门口兴冲冲地叫了几声，却无人应答，平日，老太婆早颤巍巍地迎出来了。九嫂走进庙内，见老太婆侧身卧着，觉得有点奇怪，大白天还在睡觉？莫非阿婆病了？她忙蹲下身连叫几声，老太婆还是没反应。九嫂慌了，伸手在老太婆人中处一摸，一

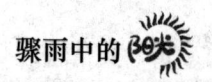

点气息也没有,摸她的手、脚,冰凉冰凉的,老太婆死了!九嫂三步并作两步跑出庙门,正要喊人,回头一望,那个熟悉的黑色人造革皮包涨扑扑的,静静地躺在老太婆身边。她想把它拿走,刚挪步又停下来,这不是破坏现场吗!退到门口,放心不了那个皮包,皮包给别人拿走了怎么办?还是替死去的老太婆暂时保管,到时还给她的亲人。说完,她战战兢兢地回到庙里,拿起倚在墙角的打狗棍,把人造革包挑出来,急匆匆往回走。

"老婆这么快妥了?"

"不是老婆妥了,是老太婆妥了!"

九嫂把包里的钱倒在地上,皱巴巴的一大堆,两口子把钱分门别类叠好码堆,数一数竟有八百多元。突然,九嫂发现人造革包夹层里有几张折叠整齐的印刷纸,忙掏出来给阿强看。阿强一看,是几张预先填写好收款人姓名、地址和千元金额的汇款单!两口子明白了,老太婆不识字,叫人帮她填好汇款单,凑够一千元就把钱从邮局里寄回去。

九嫂抽出一张汇款单,从小店钱柜里掏出十张百元大钞递给阿强:"老公,你去邮局帮老太婆把钱汇出去,我去派出所报案!"

阿强没想到会用另类的方式跟老太婆最后一次换零。

第二辑　真情速递

双双小传

　　双双是一对孪生姐妹，金双是姐，银双是妹，姐妹俩都在餐厅当服务员，被人们称为"双星孖宝"。

　　金双银双就像一个模子里印出来的，一样的眉清目秀，一样的苗条身材，一样的白皙皮肤，一样的甜美笑容，她们在雅座间进进出出，上菜上饭，人们还以为是同一个人呢。因此也就有了许多的误会和笑话。

　　一次，金双经过东座C房，听见里面有人敲碗碟，忙推门进去，见那位大胡子包工头正在敲桌子。金双一进门，大胡子就扯起鸭公喉咙叫起来："小姐，怎么搞的，刚才老子叫你点的红烧乳鸽还不来！是不是当我不存在！"金双一愣，马上意识到他是认错人了，笑着说："对不起，我马上帮你催。"同桌的人大笑大胡子认错人了，点菜那个叫银双，这个叫金双，他错把金双当银双了。金双把金灿灿香喷喷的红烧乳

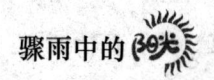

鸽端上桌，大胡子忙说："不好意思，错怪你了，金双小姐。"金双大方地说："先生没错，错在我妈妈还没来得及给我们姐妹俩做记号，就叫我们出世了，给社会添了不少麻烦。"满桌的人都笑了，大胡子笑完，说："那我帮你们做记号，送你一条金项链，你妹妹一条银项链，金双银双就分出来了。"金双笑了，甜甜地说："谢谢，可惜打工妹不兴穿金戴银哩。"说完，款款地走出了雅座。

工余，打工妹结伴学电脑。双双们跟同伴一起去电脑培训班报名，银双在前，金双在后。轮到金双交钱时，电脑小姐看了她一眼，嘟起了小嘴，不高兴她说："你不是交了吗，学双份呀？"金双也不恼，一本正经地说："我就是要学双份的，要交双份钱。"小姐不屑地说："痴线！下一个。"银双走过来，跟姐姐站在一起，笑着说："小姐，我们要不要交双份钱？"电脑小姐见面前站着的两个姑娘一模一样，张着的小嘴竟合不拢，过了一会儿才回过神来，接过金双的钱，说："对不起，不知道你们是孖女。"在班里，辅导老师常常分不出哪个是金双哪个是银双。后来，班主任给她们发了大小号牌，金双"大"牌，银双"小"牌，老师们乐了，说："班主任让金双银双成了大双小双，餐厅服务员成了体操运动员。"

一位杂志摄影记者慕名来餐厅看双星孖宝，看着看着忽然来了灵感，要给双双们拍一张照片做杂志封面。大家都说好主意，这期杂志肯定畅销。姐妹俩大方地站在镜头前，任记者导演，有时一前一后亭亭玉立，有时拉手靠肩亲密无间，有时细言浅笑姐妹情深。靓女"甫士"令记者谋杀了不少胶卷。拍完，记者说要送一册相片给她们留念。银双说了声"谢谢"后，拉着姐姐要走。金双没马上走，回过头对记者

第二辑 真情速递

说:"记者先生,我们享有肖像权哩,别把我们姐妹的光辉形象到处曝光。"记者张大嘴巴一时无言以对,想不到这普通打工妹也会肖像权。陪同的地方记者帮他解围,对姐妹俩说:"我们有责任保护公民的肖像权,也是我们记者应有的职业道德,小姐请放心。"双双们满意地走出去了。

一位歌厅的老板成了餐厅的常客,他是冲着双双们来的。每次双双买单,不管找钱多少,他大手一挥,爽快地说:不要了,给你做"贴士"!双双们说声"谢谢",便把小费塞进收银处的小箱里。一次歌厅老板和金双说,请她们姐妹俩到他那里当"咨客",光站在门口招呼客人,不用像现在那样跑上跑下,工钱比当服务员多,还有许多挣外快的机会,比在这里当跑堂的好上十倍。金双樱桃小嘴一开,说:"在这里做惯了,也不想跑来跑去。"老板开导她:"人往高处走,何必在这里浪费青春。如今,多少靓女在吃青春饭,人靓是本钱,靓女屈作服务员,鲜花插在牛粪上,太可惜了。"金双笑着说:"你不怕我们老板说你挖墙脚吗?做生不如做熟,谢谢你的好意。"老板掏出一张名片,递给金双,说:"熟土难离,没关系,你们什么时候想好了就给我电话,随时欢迎加盟。"金双接过名片,一出房门,随手把它丢进垃圾桶。

其实,双双们还是有区别的,银双眉心上额处有一颗淡淡的黑痣,不细看看不出来。凭这"点"就可以把她们分辨出来,但谁好意思眼定定地看靓女呢,掠一眼也就过去了。然而,你无心看她们,她们却有心记着你,见过你一次后,下次光顾,她就会叫出你的大名,尽管有些人说的是虚名假姓,她们还是一见面就把你叫出来。热情好客的双双,吸引了不少回头客,双双们成了餐厅的活"商标",虽不用注册,

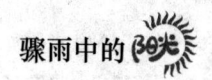

却深深地刻在顾客的脑海里。双双成了金牌服务员,"双双"品牌为餐厅创造了丰厚的利润。餐厅老板夫妇护着这对姐妹花,比厅堂里那供着的财神爷还要虔诚。

　　双双是川妹子,来广东打工一年多了,金双先来,老乡介绍她来餐厅打工,半年后,她把妹妹带来了。老板特意把她们分在三楼雅座,给客人一个惊喜,一种悬念,形成了"双双效应",老板是很精明的。

　　老板这一招启发了双双,她们看到了自身的价值,她们说,等挣够了钱,回去开一间餐厅,店名就叫"双双餐厅"!

第二辑　真情速递

骤雨中的阳光

"大暑天，孩儿脸，说变就变"，这话一点不假，刚才还是万里晴空，骄阳似火。突然一片乌云飘过来，火辣辣的太阳往云里一躲，刹那间，"哗啦"一声，像烧红的铁锅被撒了盐，铜钱大的雨点密密实实、没头没脑地掷下来。街上先是飞起一片白茫茫的水粉，继而满街开满了杯口大的水花，最后变成了湍急的小溪，行人、车辆和楼房都被笼罩在雨幕中。

这就是我们南方夏天特有的"疾风骤雨"——白撞雨。

我和几个学徒工下班途中，给白撞雨赶到骑楼底下来了，我们倚着栏杆，百无聊赖地望着雨幕中的街景出神。

突然，身旁的小张不住地用胳膊肘推我，我望了望他，他双眉一挑，下颌一扬，随后向脑后一甩。我回头一看，一个女兵站在我背后，她也给白撞雨赶到骑楼底下来了。她二十岁上下，草绿色的无檐帽，草

骤雨中的阳光

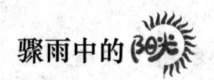

绿色的军上衣，黑色的短裙，雪白的袜子和半高跟鞋，肩上佩戴部队文工团的绶带。这时，她正扑闪着那双丹凤眼，用雪白的纸巾擦一本书上的水珠，然后甩了甩裙子，跺了跺脚，也站到栏杆边来了。刚站好位置，便打开刚擦干净封面的书聚精会神地看起来。

我连忙回过头，趁势往同伴那边挪了挪。

"挤什么呀，机会难逢哩，往那边靠才对呀！"小张边说边把我往女兵那边挤，我连忙握紧栏杆，站稳马步。

"好在这场白撞雨，要不，师兄哪有这份艳福？"那边，小李边说边对我挤眉弄眼。

"人家可不比我们，连避雨的时间也在看书学习，惜时如金呢！"小陈说起风凉话来了。

"大概在看什么八卦杂志吧？还不是跟我们一样无聊！"小黄阴阳怪气地搭上腔。

这时，从街口那边走来一个打着黑伞的老人，雨点沿着伞沿儿成串成串地淌下来，把身后衣服打湿了，可他一点也不在乎，依然高一脚低一脚地踏着水荡往前走。我和同伴的视线一下子都集中在他身上。老人六十多岁了，穿着黑衣黑裤，肥大的裤脚给雨水打湿了，吧嗒吧嗒响。突然一阵狂风吹来，把老人的雨伞吹得反转过去，成了一个大漏斗，老人忙去护伞，脚下一滑，重重地摔倒在淌水的大街上。我和同伴们大声哄笑，小黄大声说："老家伙无自知之明，那么大年纪了还跟大雨斗，活该！"

旁边那个女兵被我们的哄笑声惊动了，她诧异地望了望我们，然后随着我们的视线向街中间望去。只见她"呵"了一声，把手上的书往

第二辑　真情速递

我手里一塞，钻过栏杆冲进雨中，向老人跌倒的地方跑去。我看了看手上的书，原来是一本《电大语文》。只见女兵先把老人扶起来，然后回转身，拾起那把在水荡里打转的黑伞，接着扶着老人向我们走来。

我们连忙迎上去，帮着女兵把老人扶到骑楼底下。刚才还在笑话老人"跌倒活该"的小黄突然尖声叫起来："爷爷，爷爷！怎么下雨天还跑出来逛街！"小黄告诉我们，他爷爷有老年痴呆，每天都要出来逛街，却经常迷路，他们只好让他挂着一块牌子，上面写着家人的电话地址。我帮着小黄把他爷爷的湿衣服脱下来，果然脖子上挂着一块名牌。小黄把工作服脱下来，让爷爷穿上，然后对拧转身去的女兵说："解放军同志，谢谢你救了我爷爷！"

"不用谢，尊老敬老是我们年轻人应该做的！"

白撞雨来得急，去得也急，就像谁把空中的闸门一关，滴水不漏，天放晴了，大街上又热闹起来，人们从店铺、商场、骑楼底走出来，一下子把大街塞得满满的。

我们正扶着老人向前走，小张拍拍我的肩头，说："师兄，还不快把书还给人家？"我恍然大悟，连忙把《电大语文》还给女兵。女兵接过书，扯了扯绷紧的军装，迈开优美的长腿，矫健地走在大街上。

几天后，我们几名学徒工先后考上电大，大家的专业虽然不同，却是同一个目标——追赶阳光！

第三辑 驿路风景

"被人偷包的事我也经历过，后来小偷按钱包里名片的地址把包给我'送'回来了，除了没了钞票，证件一件也不少。你的包里不是也有名片吗？主编大人吉人天相，证件肯定会有人给你送回来的，你知道，小偷要的是钱，不是证件！"

——《"狂草黄"丢包记》

第三辑　驿路风景

"老三高"奇遇记

老苏是镇政府退休干部,退休前是镇档案分局局长,平时喜欢收藏老旧物件,人称"苏藏家"。

老苏每月都有一天到医院"报到"——取降"三高"(高血压、高血糖、高血脂)的药。老苏自称是"三高老人"。

这天,在门诊部收款处,老苏碰到旧同事老陈,他比老陈大两岁,老陈白发却比他多,背也比他驼。老陈从口袋里掏出手机,扫着窗口的二维码,"嘀"一声,老陈说"搞掂",他告诉老苏,用微信支付就是方便,连钱包也不用带了。他看见老苏手里的老式手机,惊讶地说:"苏局长,你的手机还是在岗时的诺基亚,还不更新换代,买个智能的,老机可以收藏了。"老苏说:"该收藏了,回去就换!"

老苏取了药,顺便到洗手间"方便"。洗手间男女共用,靠墙一边一溜儿排着五间带门的格子间,正对门口的那个格子门上贴着"残疾

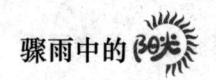

人专用"的字样，老苏逐个推门，每个格子间的门都关着，他知道"客满"，正要退出，突然背后门响了，回头一看，"残疾人专用"格子里，一个八九岁的小女孩探出头来，双手半拎着裤子，哭着对他说："爷爷，我尿裤子了，能不能借你手机给妈妈打个电话？"老苏马上从口袋里掏出手机递给她。说时迟，那时快，只见小女孩双手把裤子一拎，接过手机夺门而出。老苏忙去追她，一个老头怎跑得过小孩！老苏眼巴巴望着女孩冲出门诊部，冲过医院大院，然后向院墙边的小卖部跑去，一下子消失了。

　　老苏忙到医院警卫室报警，一个高佬民警陪他去小卖部，民警问收银处的老板娘，有没有见一个女孩子进来。老板娘说，刚走出门去了。小卖部临大街，外面是一个十字路口。这个十字路口很有趣，四个角的建筑物分别是银行、酒楼、医院和公安局，老苏知道当地流行着这么一个段子：有人从银行里取出钱来，到对面的酒楼吃喝，喝大了到医院解酒，因对女护士耍流氓被捉到公安局去了。对面街口行人道上有个烤红薯的摊档，他们忙走过去。烤红薯档是一部三轮车，一个大油桶烤炉上摆满焦黄的红薯，车板上摆着花生、栗子，车子旁边立着一根带着电灯的竹竿，竿上挂着一个二维码。"连卖烤红薯的也用上互联网了，社会进入新时代，我真落后了。"老苏打量着方方正正的二维码，无限感慨地对高佬民警说。民警却对二维码不感兴趣，他递给老板一支烟，问老板有没有见一个女孩跑过来。老板用火钳从炉里取出一块红红的炭，边点烟边说："你来迟了一步，刚才一个拿着手机的小女孩过马路，突然后面来了一辆双人摩托车，车后跳下一个人，抢了小女孩的手机，匆忙坐车逃跑，小女孩去追摩托车，却被抢手机的人一把推倒在地

第三辑　驿路风景

上，小女孩大哭，后来一个中年男人把小孩送到医院抢救去了。"老苏和民警忙折回医院，在包扎室里看到一名护士正给女孩涂红药水，护士说女孩只是皮外伤，没事。旁边有个中年男人警惕地看着她。小女孩一见民警进来，忙冲过来躲在民警身后，指着中年男人喊"民警叔叔，他是个坏人，从外地把我们几个孩子买来，帮他到医院偷钱偷手机！"中年男子站起来要逃，被高佬民警一把抓住衣领，像拎小狗一样把他拎起来。民警把男人和女孩都带到街道派出所。

派出所里，两个便衣民警正在审讯刚刚抓来的两名抢手机歹徒，一部老手机正摆在审讯桌上，老苏一眼就认出这是他的诺基亚，忙对审案民警说："这是我的手机，刚刚被抢走。"民警说："手机怎会是你的呢？我们见他们是从一个小女孩手里抢来的。"老苏把在医院里的遭遇跟便衣民警说了，还说高佬民警和小女孩可以作证。

便衣民警把手机还给老苏，老苏把手机递给小女孩，叫他给家里打个电话。小女孩说："不用了，我家里没电话！"老苏的手一震，手机"砰"一声掉在地上成了三块。

老苏又多了一件藏品！

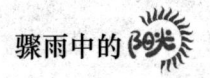

爆 米 花

星期天，我把自己锁在书房里做功课——每周一文。

一阵南腔北调的吆喝声从街口那边传来，把我神驰的思绪拉回到现实中来。我支起耳朵倾听，尽力捕捉那奇怪的吆喝声，却总是听不清楚。

吆喝声越来越近，我忙把头伸出窗外，只见一个肩搭白毛巾的陌生人从我眼前走过，吆喝声就是他发出来的。这时我听清了，他在叫"爆米花"，这吆喝声像客家话，又像普通话，一听就知道不是本地人！

爆米花，我们这里叫"打浮米"，是传统的过年食品。呵！久违了，浮米！自从搬到小城居住，近二十年没打过浮米了。记得在乡下住时，每年都有"打浮米"的穿街过巷为人们打浮米。改革开放后，城乡的劳力不是进工厂打工，就是自己做生意，当老板。大量的就业机会还

第三辑　驿路风景

吸引了成千上万的外来人从五湖四海涌来。如今打浮米的、补锅的、磨刀磨剪刀的人少了，这些行业也成了式微行业，谁还在干那种既辛苦又低收入的行当呢。

我走到楼梯口向着楼下喊："喂！打浮米的来了！"

"嗳，知道了！"妻子欢快地答。为了打浮米，妻子前几天就在做准备了。打浮米要自带木柴，家里早用上了石油气了，哪来的木柴呢？妻子专门到建筑工地捡破碎的模板，回来劈成小木条。我要看外地人是怎样爆米花的，便和妻子一起，拿着柴、米、糖和花生米，向爆米花工场走去，妻子还特意要我带两瓶矿泉水。

爆米花工场在街口转角处，许多人比我们先来，她们都是我们远近的街坊，都认识。我们跟大家打过招呼，便排在长队后面，我们后面站了一长串等候爆米花的人。

摇爆米花机的师傅像个头头儿，他见队伍都是妇女，只有我是个男的，忙大声说："男士优先，请那位老板先来！"我望望大家，妇女们有的笑笑，有的点点头。我谢过大家，便和妻子一起把东西拿到队伍最前面。我拿起一瓶矿泉水，正要慰问下那头头儿，却被妻子截住了。我顺手把矿泉水给自己，从口袋里抽出香烟，给每个师傅递了一支，他们笑嘻嘻地接过去。妻子笑了，说："不愧是'擦惯鞋'的，识做！"周围的街坊轰一声笑起来了。

"砰"一声巨响，米花给轰进尼龙编织袋里去了。掌大锅的刚要把糖倒进锅里煮，妻子忙说："别忙，还有一道工序！"说完，把两瓶矿泉水倒进大锅里，仔细地刷起锅来，把黑乎乎的大锅洗得光光亮亮，才让那师傅把糖倒在锅里煮。黏米花的师傅忙把米花倒在木板上，撒上

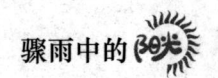

花生米。掌大锅的师傅把滚烫的糖浆倒在白花花的米花上。黏米花的把米花和花生米压平，然后挥起菜刀和木尺在米花上打格，接着，把一块块的糖米花铲起来，装进我们带来的铁皮罐里，不多不少刚好一大罐。

妻子把一张五元钞票递给掌机师傅作为工钱。我拿起一块雪白的糖米花问他："师傅，这米花又长又大，比我们以前打的好多了！"

"老板，以前指什么时候呢？"师傅饶有兴趣地问。

"很久了，大约三十年前了吧！"我认真地说。

"当然啦，那时用的是粮店的3号米，才一角三分钱，又小又糙，哪比得上你上等的丝苗米！老板的米档次高，爆出来的米花当然高档多了！"师傅自信地说。

这次轮到师傅给我"擦鞋"了。

"师傅，质量那么好，我们再爆一筒！"妻子笑眯眯地说。

"妇女就没优惠了，请到后面排队！"师傅风趣地说。

"哈！"全工场的人都笑起来了。

第三辑　驿路风景

肠　粉　王

　　城乡接合处有条联合街，五百多米长，三十多米宽，一头通往繁华市区，一头连着繁忙的城东大桥，周边还有工业区、住宅区，人流旺，车流密，营商环境好，铺租特贵，也特易租出。

　　联合街东头有间肠粉店，专营肠粉，店名"金田肠粉王"，是外地人开的，专卖福建驰名美食——金田肠粉。每天早上，店里都座无虚席，找不到座位的食客只好站着或蹲着往嘴里扒粉。店里还有外卖，几辆摩托车来来去去送外卖。见金田肠粉店生意好，旁边又开了间肠粉店，是本地人开的，店名"桥兴肠粉王"。两间肠粉店都是三间铺面，都是平价食店。

　　俗话说，一山难容两虎，一地也难存二王。很快，两间肠粉店便竞争起来：金田王加足量，加量不加价；桥兴王见状则实行加蛋加肉免费。金田王在门口设大桶白粥任食客免费吃喝，桥兴王不但同样在门口

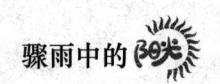

设大桶白粥，还提供辣椒、榨菜佐料。金田王在门口设"导餐员"，几名美男在街边招客；桥头王不设"导餐员"，却召了几位靓女作咨客，她们唇红齿白，尽露招牌笑容。金田导餐员的手舞足蹈，桥兴咨客的丰乳肥臀，成了街头一道亮丽的风景。

明争的结果是益了食客，既有口福，又有眼福，食客们说"有竞争才有发展"。两间肠粉店在竞争中扩张，天天顾客盈门，生意做得风生水起。

有明争便有暗斗，两王各出阴招，桥兴王状告金田王用的是地沟油，危害人们健康；金田王还击，说桥兴店用的是病猪肉，危害老百姓……工商、城管的人来了，分别在两店吃早餐，做两王工作。两店都免单。执法人员很欣赏两店的肠粉，却不赞成两王钩心斗角、相互倾轧的做法，执法人员总是以教育为主，每次都以"同行敌国、狗咬狗骨""事出有因，查无实据"为由，息事宁人和气收场。

明争暗斗的结果是两败俱伤，两店先后关门歇业，门口都是写着"内部装修"。联合街再没有肠粉店，再不见两王相争。只苦了街坊、食客，他们到处打游击找早餐吃！

过了几天，原先两店对面，一间新肠粉店开张了，依然供应肠粉，依然提供免费白粥，只是没有店名，门口一个大灯箱，上面写着"正宗石磨肠粉"，下面是一张"磨粉出浆"现场大照片，从此，人们又吃到幼滑细嫩、齿颊留香的肠粉了。

一天，桥兴王和金田王不约而同来到新店吃肠粉，看到老板忙拱手相贺："恭喜渔翁先生生意兴隆，财源广进。"新店老板笑着说："别说风凉话了，街坊们十分怀念两位肠粉王，要你们尽快恢复营业呢，我一个人做不来。钱是一个人赚不完的。"说完把两王的手拉在一起，两王一笑泯怨仇，前嫌尽释。三双手如球员般紧紧叠在一起，两王异口同声大喊："顺应民意，立即复出！"

不久，两店同时复业，两串喜庆大炮仗的硝烟消失后，露出两个大招牌，一个是"金田肠粉王"，一个是"桥兴肠粉王"，对面多了个"石磨肠粉王"，是新店的店名。三个王并立在联合街头，为人们提供传统美食。从此之后，食客们经常在三间店里看到三个肠粉王聚在一起喝茶谈生意经，细声讲大声笑，客人们都给惹笑了。

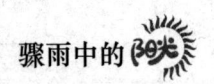

校　　友

　　我和周强约好，提前一天回母校参加百年校庆。

　　我和周强是初中同学，同桌三年。我们是班里的尖子生，我是文科代表，周强是理科代表。毕业后周强去了香港，先在地盘做小工，后来成了车行老板。改革开放初期，他送给母校一部"的士头"（人货车）。我作为回乡知青回家乡务农，当了一名民办教师，后来成了专业作家，在省城做事。

　　母校所在的城市在广州与香港之间，广深铁路的终点站。到了母校见到周强时，他正在"港澳校友报到处"报到，把一个大红包交到"校庆贺仪处"。我在"内地校友报到处"报到，我的贺仪是今年出版的新书。周强拉着我的手说："老同学，什么时候也送我一套你的大作？"说完，拉着我并肩站在一起，举起手机自拍。报到处的礼仪小姐忙给我俩佩戴胸花，我发现，周强戴的是"贵宾"牌，我戴的是

第三辑 驿路风景

"嘉宾"牌,便笑着说:"阿强,老板就是老板,你是贵宾哩。"周强见状忙摘下胸牌要给我戴上,礼仪小姐笑着说:"你们都是学校请来的客人,都是我们的贵宾。"说完把住宿证递给我们,周强看了看手里的住宿证问:"老同学,你住几楼?"我说:"我住学校招待所611号房。"周强忙把手里的住宿证退回给礼仪小姐:"小同学,我也要住招待所611房,跟我的同桌住在一起好好聊聊。""对不起!住房早已安排好,我们不敢随意改动。"我和周强约好吃饭时再聊,便跟着礼仪小姐向学校招待所走去。

招待所没有电梯,我数着楼梯级往上爬,到611房已累得气喘吁吁,把公事包往床上一扔便坐在床边喘大气。

自从到了省城成了专业作家,再没有住过招待所,更没有爬过这么高的楼梯。我的思潮一下子回到那知青年代,那时到县城改稿,挤的是每日一班的班车,住的是简陋旅店的大通铺。

我们也不在一起吃饭,港澳校友在宾馆出席欢迎晚宴,内地校友在招待所吃自助餐,吃完饭回到房间,我连每天必看的新闻节目也不看了,冲完凉倒头便睡。

接待档次的不同并没影响我和周强的友情,在第二天百年校庆开幕式上,我和周强在大礼堂后排的一个角落里挨肩搭背地攀谈起来,说到高兴处便放声大笑,我们细声讲大声笑惹来周围的校友投来诧异的目光。突然,暖场音乐停了下来,扩音器里传出开幕礼主持人热情洋溢的话:"同学们,校友们,百年校庆开幕典礼即将开始,请大家肃静。"主持人是陈光校长,他清了清嗓子,又大声说:"现在告诉大家一个好消息,据校庆筹备处获得的信息,我校有一名校友是全国著名作家、省

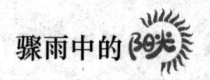

作家协会主席，他就是58届的林江同学，他回来参加百年校庆，让我们以热烈的掌声欢迎林江校友到主席台就座。"

周强推了我一把说："老同学，还是你厉害，为我们58届的校友争了光！"说完取下胸前的"贵宾"牌要给我戴上，我推开同桌的手，慢慢地站起来，缓缓地往主席台走去。霎时，四周响起雷鸣般的掌声，我不停地向四周挥手致谢，这时，我的眼睛忽然模糊起来了。

第三辑 驿路风景

"老废"和他的"高尔夫"

老废是退休干部陈和的绰号,是他老伴根据"男人二十是成品,三十是精品,四十是极品,五十是次品,六十是废品"的"社会年龄定律"给他起的。老陈想,废就废呗,人总是会老的,这是自然规律,总有"成废品"的那一天,让她叫吧。

老废也给他的老伴李珍回敬了一个雅号,叫"高尔夫",也是根据段子给她起的,段子里说,女人十八、廿二是篮球,三四十岁成了排球,四五十岁是足球,过了六十就成了高尔夫球了。老伴五十五岁就退休了,如今刚好六十岁,正牌"高尔夫球"。

从此,在他们家里"老废"和"老高"替代了"老陈"和"老李",成了老夫妻日常的笑料。

老废原是县文化局副局长,主管图书、音像和印刷。老废一米八的个头,浓眉大眼,大胡子,一副"张飞"相。老废是从部队

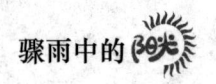

转业过来的，脾气粗，嗓门大。他去检查工作，那些书店音像摊老板，赔着笑脸仰着头望着他。那些违法的老板更是双腿直打冷战。

去年，老废满六十周岁，领到了红本子（退休证），留在县城过日子。无官一身轻，待在家里喝喝茶、翻翻报纸、看看电视，日子倒也清闲，就是有点失落。以前批条子批惯了，如今一下子没条子批，有点不习惯。老伴知道他的脾性，也变着法儿让他高兴。知道他没条子批手痒，便每天把上街买菜写成条子让老局长批，老废像往常一样在购菜单上签上"同意"，两人大笑一阵，老伴便拿着批条上街买菜去了。老废觉得废物也可利用，废品也可再生，自己身子还硬朗，还可以发挥点余力，"废品"不废，退而不休。于是，他去找过的新华书店经理，如今民营书城的老板张强，求他找点事干。张强见着过去的上司求他，乐得做个顺水人情，又想到老废管了那么多年文化，人面广，好名声，有号召力，决定聘他为图书导购员。陈局管了几十年书店音像摊，当图书导购员轻车熟路，也就答应了。张强问老废要多少报酬，老废说他有退休金，不愁吃穿，每月就给一本新出版的长篇小说就够了。张强说，桥还桥，路还路，书要给，钱也要给，就给你328元，"生意发"好意头。老陈也不计较，第二天就上岗了，身着书城天蓝色工作服，斜佩着"图书导购员"的红绸缎带，胡子也刮掉了，高大威猛的形象使书城增色不少。

局长当导购员，在小城引起"轰动效应"，登报纸，上电视，许多人慕名前来逛书城，看看发挥余热的老局长。书城旺丁又旺财，营业

第三辑　驿路风景

额如芝麻开花节节高。卖书利润高，资金周转快，乐坏了书城老板，人们说他有眼光请来个财神爷，给老废的报酬也长了近一倍，328成了668，即"路路发"，老废的日子过得充实了，荷包也涨了。老板和老废皆大欢喜，相处得更融洽。

一天，老废却遇到一桩尴尬事：一个小青年到书城买书，找到高大威猛气色红润的导购员老废，说要买一本《中国制造》。老废看他像个打工仔，定是个机械工人，忙带他到"机械制造类"书柜寻找。书城一块又一块，书柜一行又一行，横排竖排，新书满满当当，五彩缤纷，鲜艳夺目。两人在书巷里巡视，找来找去，只见《金属制造》《机械制图》《金工机械》《车工工艺学》，等等，就是没有《中国制造》。后来，小青年告诉他，《中国制造》是一部反腐败长篇小说，是周梅森写的。满头大汗的老废连声说："对不起，找错门牌了。"抬脚就走，把小青年带到"中国文学类"书柜，《中国制造》正在显眼的地方躺着，经过这一次"走错门"，老废不敢轻视导购员这份工作了，一有空便在书巷里转，熟悉书目，了解书市，还经常阅读一些作家传略和对他们评价的文章，成了名副其实的书城向导。

说也凑巧，买《中国制造》的那小青年又来书城买书，说要买陆天明的《省委书记》。做足功课的老废胸有成竹，马上带他到"反腐小说专柜"，一下子就把那本《省委书记》递给小青年，还告诉小青年，陆天明是写反腐题材的高手，他写的《苍天在上》和《大雪无痕》都很有名。他还告诉小青年，著名女作家陆星儿是陆天明的妹妹，写《寻

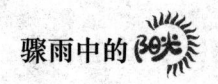

枪》一举成名的陆川是陆天明的儿子。小青年是个文学爱好者，他很惊讶，这个曾经带他到"机械制造"专柜找《中国制造》的"大老粗"竟是个博学的向导，后来两人成了"忘年交"。

老废高大威猛，老婆却娇小玲珑，只有一米五八的个子。

老婆李珍是位小学教师，在中心小学任教。因为保养得好，六十岁的人了仍然额头无皱纹，眼下无眼袋。李老师与老废走在一起，对比强烈：一肥一瘦、一高一矮、一老一少。老废带太太出门喜欢带把大纸伞，晴天给太太遮阳，雨天给太太挡雨。一出门老废大手一挥，大伞猛然展开，把太太罩在伞下，太太就像母鸡翼下的小鸡，特级保护，成了小城一道风景。"老高"不想真的成了高尔夫球，让人一杆打进十八洞，她跟着一班中老年妇女，早上去公园做健美操，晚上到广场跳健身舞。身子更苗条了，步履更轻盈了，人也更活泼了。中秋节晚上，城里举办"敬老联欢会"。老高早早出门了，临出门关照老废今晚一定得参加联欢会，到时看她表演。老废草草吃过晚饭，便前往广场找座位。局里的同事都来了，让老局长坐第一行中间位子。晚会有歌有舞，还有相声小品，就是不见老伴出场表演。正纳闷，一个穿红衫红裤的女演员走到他面前，笑着说："老废，睇头棚哩！"

老废定睛一看，原来站在面前的女演员竟是自己的老伴。

他一把拉着老伴的手，说："嘀，认不出来了，老太婆变成了小媳妇！"

"我还是'高尔夫球'吗？"

第三辑　驿路风景

"'高尔夫球'变'篮球'了！"

从此，他再不叫老伴"高尔夫"，老伴也不叫他"老废"，恢复了"老陈""老李"的称谓，"老废"和"高尔夫"也成了段历史。

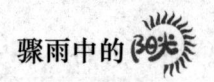

班 主 任

"六一"节前一天,四年级甲班班主任李翠青老师接到学生家长电话,说她的儿子陈小山这几天吃了不干净的东西拉肚子,明天不能到学校参加"六一"儿童节活动了。

"陈妈妈,是小山拉肚子还是你伤脑筋,怕拿不出好东西让小山参加班里的大食会?"

"老师真是心水清,一下子就给你说准了。"

陈小山的妈妈来自川北大山里,在东莞当环卫工人已有二十多年了,靠积分让小山在公办小学读书,家里穷,但小山很争气,学习成绩排在全班前十,陈妈妈一直很放心,这几天却因儿子参加大食会的事发愁。

"陈妈妈,我前几天听小山说他爸爸从家里带来许多番薯芋头,你可以让小山带这些土特产参加大食会!"

第三辑 驿路风景

"老师，番薯芋头只能当饭做菜，哪能当零食吃？"

"番薯芋头是绿色食品，比大米还贵呢。既环保又健康，它们连宾馆酒店都进去了，怎么进不了学校？如今都提倡吃绿色环保食品呢！"

"老师，您说得有道理，我就让小山带这些土特产参加大食会，到时请您关照。"

放下电话，陈妈妈的心也放下了，她从大堆土特产里挑出了个头适中、皮色圆滑壮实饱满的番薯芋头、花生、玉米清洗干净。"六一"那天大清早，陈妈妈把煮熟的山区美食分门别类放在竹篮子里，让小山带去参加大食会。

小山挽着竹篮走进教室，发现教室变成了会议室，桌子椅子摆成大小两个圆圈，穿着新校服的同学们整齐地坐在内外环上，鲜艳的红领巾像一簇簇火苗在胸前跳跃。小山找到自己的位子，把竹篮子往桌上一放，就把煮熟的农产品一一摆出来，引来同学们奇异的目光。刚摆放好食品，上课铃声就响了，班主任李老师踏着钟声从内外环的巷道里走进同心圆圆心，在同学们"老师好"的叫声中徐徐展开手里的小横幅，同学们见了忙齐声朗读起来："祝同学们节日快乐。"朗读完，李老师把横幅一卷，标语成了一支小小的指挥棒，在老师的指挥下，同学们齐唱少先队队歌："我们是共产主义接班人……"

大食会开始了，李老师望着陈小山，笑着说："同学们，告诉大家一个好消息，小山同学带来了许多大家没吃过的绿色食品，这些绿色食品既环保又健康，大家可以跟小山交换稀奇食品，一齐来分享山区农业丰收的喜悦。"

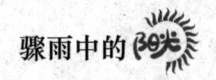

老师说完，小山的同桌立即把带来的蛋糕、面包跟小山换番薯芋头，紧跟着内外环的同学都走过来换小山的土特产。转眼间小山的桌子上堆满了琳琅满目的零食，许多零食小山不但没吃过，连名字也叫不上来，他相信他妈妈也没吃过。

小山的同桌问："老师，这些绿色食品长在哪里呢？"李老师说："番薯芋头和花生长在泥土里，玉米长在玉米秆子上，它们吸收大地的营养，接受阳光雨露的滋润，长成了绿色健康食品，过几天带你们去农场参观，让大家接地气长见识。同学们，土特产是农民伯伯辛勤劳动种出来的，大家要珍惜，不要浪费！"同学们一齐鼓起掌来。

小山拿起那块炸鸡腿刚要放进嘴边，又放下来，送上又放下，放下又送上，他要把炸鸡腿带回家，让吃惯番薯芋头的妈妈尝一尝，趁同学们集中精神看"女声小组唱"，小山用筷子把鸡腿拨到桌边，准备把它拨进在桌边等候的竹篮里，可是鸡腿离开桌边却给竹篮抓手绊了一跤，无声地跌在桌底下，小山左望望右望望，蹲下身子把鸡腿捡起来，放在嘴边吹了吹，然后把鸡腿悄悄地放进篮子里。这个细小的动作让班主任看到了，李老师向他点了个赞。

大食会结束了，小山和同学们一起打扫"战场"，他来到班主任身边，悄悄地问："李老师，什么时候又开大食会？"

李老师摸摸他的头，没说话，眼里却闪着几朵泪花。

第三辑　驿路风景

村主任发包

　　新任村主任积极推行承包责任制,田地、果树、厂窑、路桥等都发包出去了,村里每年都有大笔承包款,集体经济壮大了,小金库丰盈了,村干部手头也宽裕多了。

　　一日,村主任和一班村委又在海鲜酒楼聚餐,酒足饭饱后,村主任喷着酒气,要大家动动脑筋看还有什么可以发包,增加财源。村委们东倒西歪地靠在真皮沙发上冥思苦想。

　　财粮文书从沙发上跳将起来,第一个发言:"村头那口水井是个大财源。还没得以开发呢!"

　　"以水为财,井水取之不竭,财用之不尽,无本生意,是一个新的经济增长点!"团支部书记连忙附和。

　　"没听过水井也可以承包。"妇女主任不以为然。

　　治保主任吐了串烟圈,不屑地说:"是嘛,水井承包没有先

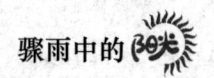

例!"

"这叫开拓创新,没人干过的事我们去干,这才叫'敢为人先'。"出纳振振有词地说。

"好一个'敢为人先'!这个'先'我们干定了。"村主任一锤定音,忙叫财粮文书起草水井发包方案。

理发专业户剃头炳以每年十万元的高价中标,比底价足足高出五倍。

会计把承包合同递给剃头炳,笑着说:"阿炳,十万元承包一口井,险过剃头呢!"

剃头炳却胸有成竹地说:"我定过抬油,没那么大个头敢戴那么大的帽!伙计,你等着收承包款!"

剃头炳让人用八厘铁做了一个网罩盖住井口,上面加了一把大铁锁,还专门做了两只标准木桶,供汲水用。又在井头边搭了间铁皮屋,作理发室兼售水收费处,一边理发,一边收水费。

挑水的人在井头排长龙,井台边摆满了大大小小的水桶。剃头炳坐在井台石级上,金睛火眼望着打水的人,汲满水的人把钱丢在他面前的纸皮箱里,就像丢给路边的乞食佬。

一元钱一桶水,现金交易。有人嫌贵,也有人嫌交现金麻烦,村民把状告到村主任那里。村主任来到井头理发室要剃头炳调整水费和按户记账,剃头炳说,一元一桶是最贱价格,最低消费,收不到现款,每月哪有钱交承包款!村主任想想也有道理,结果还是一元一桶水,不得赊欠。阿炳给村干部每家发了一张优惠卡,每桶水按八折收费。剃头炳早上起得迟,来到井头开锁时太阳已升得三竿高了。井头消失了承包前

第三辑 驿路风景

的热闹场面，人们只好傍晚把水缸挑满。有时，剃头炳挑着剃头挑子到外村剃头，来挑水的人见铁将军把门，只好叹着气空桶而回。后来，剃头炳在井头贴了张"售水时刻表"，在规定的时间开锁供水，其余时间只好限制用水了。

食水要交水费，过桥要交桥费，走路要给买路钱，承包让村民们神憎鬼厌。有人把怒气挂在互联网上。村主任不懂电脑，也不看电脑，根本不知道这些投诉。

一天，小学校长带着几名小学生到井头找剃头炳。

"阿炳，生意兴隆哩！"

"呵！校长，稀客稀客，请坐请坐"。

"无事不登三宝殿，找你商量一下，能否给村里的低保户发优惠卡？"

"低保户？"

"是哩，小学生学雷锋义务给低保户挑水已有好几年了，如今井水要收费，学生们把零用钱凑起来，也不够交水费！"

"我也学雷锋，给村里的低保户免水费！不过我有个小小的要求，不知校长能否答应？"

"只要我能够办到的我尽力帮手。"

"我想要一台电脑，实行电脑收费。"

"学校刚升级换代淘汰了一批电脑，这事好办！"

剃头炳从理发台上拿出几张优惠卡，在上面歪歪扭扭地写上一个"免"字。

几天之后，村办公室突然起火，值班的财粮文书忙敲着铜锣大喊

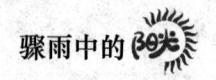

"救火"！锣声就是命令，全村男女老少忙拎着水桶奔向井头打水救火。可是水井却上了锁，剃头炳到外村剃头去了，人们只好骂骂咧咧地跑回家，把水缸里的水舀出来救火。

村主任风风火火来到井头，见井盖锁着，忙命令财粮文书："快！快去找铁剪来，剪开网罩，救火要紧，账由我找剃头炳算！"

财粮文书忙去取铁剪，这时，办公室已烧通顶了。

村主任很懊丧，后悔早前没同火神爷签订防火承包合同。

第三辑 驿路风景

"狂草黄"丢包记

星期天早上，市报主编黄一鸣和诗人大海、网络作家戈夫等一班文友在金桥茶楼饮茶。黄主编四十多岁，谢顶、连鬓胡，像一位"头戴云纱巾，脸罩黑纱巾"的浪人，充满野性、激情。黄主编擅长写草书，一气呵成，气势磅礴，人称"狂草黄"。

席间，文友们天南地北神聊。大海从上衣口袋掏出一张纸递给黄主编："狂草黄，请写个条幅。"黄主编接过来一看，是两句诗：日暖莲湖千般秀，春到桥头万象新。

"是小草还是大草？"

"狂草。"

"行，明天来取。"

黄主编说完，要把"佳句"放进搁在身后椅背的公文包里，他两手往后掏，左手碰到右手，却碰不到公文包。一惊，忙站起身往台下椅边寻找。哟，哪有黑色公文包的影子！主编脸色霎时红转青，公文包被人顺手牵羊偷走了！包里钱不多，只有几百元，但身份证、工作证、驾驶证和"三高"药品都在包里，这些才是包里重要的东西。狂草黄大吼一声："大胆毛贼，竟敢偷到老子头上来了！"主编一喊，文人席立即成了全茶楼的焦点，人们从四面八方投来惊异的目光。"部长"跑过来，对主编说："黄老师莫急，我去找经理！"女经理过来，赔着笑脸说："黄老师，对不起，发生这样的事，我们也无能为力。"

"我要报警！"主编亮出手机就要拨号。

文友们都劝他，丢包的事报警也没用，只能自认倒霉。网络作家戈夫安慰主编说："被人偷包的事我也经历过，后来小偷按钱包里名片的地址把包给我'送'回来了，除了没了钞票，证件一件也不少。你的包里不是也有名片吗？主编大人吉人天相，证件肯定会有人给你送回来的，你知道，小偷要的是钱，不是证件！"

戈夫真的言中了，当天下午，黄主编在他上班的文化大楼门口的绿化带找到了丢失的公文包，打开一看，除了几百元不见外，名片、证件和药品果然都在原先的夹层里躺着，包里还多了一封信和一沓稿纸。

黄主编展开粉红色的信笺，是一封写给他的信：

黄主编：

你好，我是从你包里的名片上知道你是市报主编，冒昧地给你写信。我是一名打工妹，来东莞几年了。前几天厂里的老板"走佬"了，我和几百名工人几个月的工资没了着落，我连回家的路费也没有了。早上跟一班老乡饮茶商量对策，一时起贪念顺手牵走了你的皮包，让你受惊了，你的钱

第三辑　驿路风景

解决了我的燃眉之急。我是贵报的读者，喜欢业余创作，随信送上习作一篇，请指正。

一名贵州妹

黄主编打开草绿色的格子纸，醒目的标题呈现眼前：《蓝领白领》，是篇小小说，仅几页纸，很快看完了，写的是职场故事，文笔流畅、情节生动、人物鲜明，是篇好作品。小说后面还留下作者的联系电话！

黄主编更惊奇了，偷包者还敢留下电话号码！"这号码肯定是假的！"他心里想，然后顺手拨出这组数字，按了通话键，手机里传来一阵忙音。"果然是假的！"黄主编苦笑一声，这个贵州妹真会忽悠！

突然，手机响了，来电显示正是刚才拨出去的号码。黄主编摁了一下接听键，电话里传来清脆的女声：

"黄老师吗？我是贵州妹陈小燕。感谢你帮我解决了路费问题，这些钱算我向你借的，返莞后一定还给你。小说写得不好，请多多指教！"

……

"过年后我就回东莞打工，到时一定到报社面谢。祝新春快乐，万事如意！拜拜！"

电话挂断了，黄主编还举着手机发愣。

第四辑　社会传真

"升起来了，升起来了！"人们追逐着冉冉上升的许愿灯，追不了几步便停下来，仰起头目送许愿灯远去。霎时间，城市上空繁星点点，红光闪闪！

——《带个女朋友回家》

第四辑　社会传真

小信封大信封

　　市行风评议会如期在市府会议室召开，群众代表——退休干部老严准时来到会议室。会议室里已坐满来自各界的评议员，一个个正襟危坐，严阵以待。会议主持人——市纪委办主任小刘把身边的空椅子拉出来，请老严上座，老严说声"谢谢"，便在小刘身边坐下来，一个个评议员向他点头致意。老严心里很舒服，他觉得大家对老干部还是尊重的，并非像人们常说的那样"人一走茶就凉"。

　　工作人员逐一向评议员分发评议表册，老严戴上眼镜一页页翻阅，里面有文化教育的、公安治保的、工商税务的、医疗卫生的，还有殡葬服务的，与人们生活息息相关的公共服务行业都在评议之列。老严根据平时收集的群众意见和自己的看法，针对服务行业的三难（门难进、脸难看、事难办）和办事人员的五风（庸、懒、散、奢、贪）进行评议，在评议表的"很满意""基本满意""不满意"栏里打钩。还在

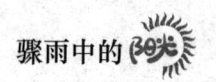

"建议和意见"栏里写上要说的话。老严像在职时那样全神贯注、一丝不苟，他觉得履行公民的监督义务不能马虎，要如实反映民情、民意，尽一名群众代表的责任。

"严主任，还有大把时间，你老人家慢慢写！"身边的小刘细声地附在老严耳边说。老严抬头一看，评议员们都把评议表填写好了，正以期待的目光注视着他，大家等着最后一名评议员完成任务，早点散会参加会后的余兴节目。老严匆匆地把余下的评议表打钩，建议也不写了，评议表册填写完，老严在表册后面写上自己的姓名、地址和电话号码，把表册递给小刘。小刘接过评议表，笑着说："评议表是无须记名的，老主任就是够认真，不愧为老领导。"说完宣布会议结束，这时，老严拍案而起，把几个信封往桌上一拍，厉声说："这个时候还有人顶风作案，真是胆大包天，我呼吁，大家都来抵制这种不正之风。"原来，老严刚才整理"评议资料袋"时，发现袋里有些单位的"自查自纠"资料里夹着小信封，里面是几张崭新的百元钞，显然是用来收买评议员的，说完老严把信封一并交给小刘。刚离座的评议员们忙坐下来，掏出资料袋里的信封扔到小刘面前的桌子上，就像扔掉颗颗糖衣炮弹！

过了几天，老严收到小刘主任托工作人员带来的一个档案袋，里面有一封信，信里说，前几天"行风评议会"的评议表全弄丢了，怎么也找不到，请老严改天到他办公室，两人重新给有关行业打分。信封里还有一大信封，里面有大叠崭新的百元钞票，老严掂了掂，说："这个比'自查自纠'里的'信封'厚多了。"说完拉开抽屉，把信和红包一股脑儿扫进抽屉里。随手拨通了纪委的举报电话。

第四辑　社会传真

校 长 醉 酒

　　近几个月来，校长陈久培为学校达标硬件的事愁得吃不香，睡不稳，白发也添了不少。虽然办学单位给了一笔钱，支持学校上档次，但还有三十万元缺口，要学校自己解决。学校是清水衙门，哪里去找几十万元资金。

　　老伴见他日夜坐立不安，形色憔悴，怕他愁出病来，忙向他献计："阿培，你不是有许多学生如今当了包工头、大老板吗？他们每人给一点，缺口不就填满了吗？"

　　"呵！知我者莫如妻，我怎么没想到这一块呢！"陈校长被老婆一言挑醒，茅塞顿开，愁容尽褪，忙拉开抽屉，找出一堆历年校庆时校友们留下的名片，把发迹的学生的名片摆在桌上排队，最后排出五位过去的得意门生、如今的大款，作为赞助对象。然后按名片上的电话号码逐个给五位大款拨打电话，讲了请求赞助的事。大款们一口应承，并约

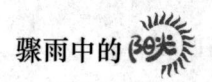

好了星期天在玫瑰酒店聚会。

陈校长如约来到玫瑰酒店,发觉有一位不是原先约好的得意门生,而是一位曾因屡次偷单车被开除学籍的李志祥。李志祥离开学校后,当上了建筑包工头。看到校长疑惑的表情,过去的学生会长、如今的集团公司总经理关卓说:"校长,陈进强有事来不了,临时叫上李志祥。"

"没关系,没关系!"陈校长连声说。

大家坐定后,关卓把那支大号的轩尼诗XO递给陈校长,说:"校长,请您开瓶!"

陈校长接过酒瓶,却无从下手,他第一次见这样精致的酒瓶,也第一次碰到装有"机关"的瓶塞。李志祥忙给校长解围,把酒交给旁边偷笑的侍应生。女侍应生拿出开瓶刀,三旋两旋把木塞拔了出来。关卓把校长的酒杯斟满,茶色透明的酒液在杯中荡漾。陈校长忙托住瓶口,连声说:"够了,这么满的酒我哪喝得了!"

"酒满敬客哩,校长,我记得您是海量的。"关卓边说边斟,把每人面前的酒杯斟得满满的。

"姜是越老越辣,陈校长是老当益壮哩!"李志祥抓紧机会"擦鞋"。

第一道菜上来了,是个精致的冷盘,关卓说:"校长,请您剪彩!"

"剪彩?剪什么彩!"陈校长莫名其妙地望着他的学生。

李志祥忙笑着对他说:"校长,关总请你先下筷夹第一口菜!"

"呵!"陈校长礼节性地夹点海蜇,学生们热情地鼓掌助兴。

第四辑　社会传真

关卓举起那满满一杯酒，站起身，对全桌的人说："诸位，听校长说，母校要达标，资金有困难。帮助母校建设，咱们有义不容辞的责任。我提议，我们每人敬老校长一杯，老校长每饮一杯，我们赞助五万块钱，这样，资金问题不就迎刃而解了嘛！"大家连说"好"，随即以热烈的掌声通过了关卓的提议。

"我哪能喝那么多，况且又是那么劲的洋酒！"

"三几口功夫就有五万块钱，既享受靓酒，又完成任务，一举两得，校长，何乐而不为呢？"李志祥给校长鼓劲。

"我先敬校长一杯！"关卓端起满满一杯酒，要和校长碰杯。

校长迟疑了一下，也举起酒杯站起身，跟关卓的杯子轻轻碰了一下，然后象征性地尝了一口。

"感情淡，沾一沾，感情深，杯底清。关卓是您的得意门徒，这一杯要饮胜，得个头彩！"李志祥在旁边敲边鼓。

"校长，我先饮为敬！"关卓说完，张开河马大口，把整个酒杯伸进嘴里，向后一仰脖，满满一杯酒猛然倒进嘴里，向校长打了个"请"的手势。

陈校长"盛情难却"，把酒杯伸向唇边，先尝一口，吸了口气，然后仰起脖子，把酒倒进嘴里，雅座里又响起了噼里啪啦的鼓掌声。

"好，一杯酒下肚，五万块钱到手，我也敬校长一杯，也是五万！小姐斟酒！"还没等校长缓过气来，李志祥忙叫女侍应给校长斟酒。

"这是好酒，不会上头的，校长，您放心喝。"关卓关心地说。

"碰！"校长不愿在过去的学生面前低威，加上有第一杯酒垫

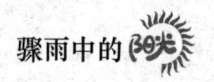

底，昔日的豪气也上来了，跟李志祥碰了碰杯，脖子一扬，把满满一杯酒倒进嘴里。

"好！够豪气，校长，我也敬您一杯，五万块钱！"

"校长赏脸。敬您一杯，多谢校长多年的栽培！"

"我不会喝酒，也破例敬校长一杯，祝校长健康长寿！"

校长被昔日的学生们连敬带哄，把五杯酒灌下肚，只觉头崩脑裂，翻肠倒胃，天旋地转，手震脚软，忙趴在桌上，像一堆烂泥。

关卓凑在身边问："校长，校长，钱凑够了没有？""还差……还差……五万块、五万块、五万块……"

"那好办，请校长再喝一杯，这五万我们五人分担，每人赞助六万块钱！"

关卓扶起校长，校长的头怎么也抬不起来。

"这五万块由我来承担，只是有一个小小的要求，校长，来！喝了再说。"李志祥端起酒杯，意气风发，志在必得。

酒醉三分醒，伏在桌子边的陈校长突然抬起头来，醉眼蒙眬地问："有……有什么……要求……"

"请校长给我办一张毕业证书。"

"什么？"

"给我搞一张高中毕业证书，或者写一张证明也成！"

"校长，您就给他这个顺水人情吧，五万块钱买张文凭，也是物超所值了。"关卓帮李志祥求情。

"如今兴文凭，当年要不是您把他开除了，说不定他早大学毕业了呢。哈……"

108

陈校长眯着醉眼,望望这个,望望那个,然后颤颤巍巍地站起来,口齿伶俐地说:"你们要我造假,我可不干。莫说五万元,就是五十万,五百万,也休想在我这里弄一张假文凭!"

说完,他踉踉跄跄地往外面走,突然,一阵恶心,他忙冲进洗手间,伏在厕盆边,"哗"一声,把那五杯洋酒和下酒物一齐呕了出来,整个雅座弥漫着一阵酸臭味。

只听关卓在外头说:"校长醉糊涂了!"

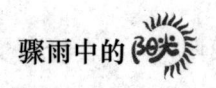

带个女朋友回家

运来是"光亮玻璃厂"一名普通工人。

运来的家在川北的一座大山里。运来姓侯,是家中的老幺,小时候得过小儿麻痹,腿脚肌肉有点萎缩。后来,他得高人指点,天天上山运动,在崎岖的山道上兜兜转转,吸纳天地灵气,此举果然有效,腿脚有力了,肌肉也饱满起来,虽然两脚不同长短,走起路来一脚高一脚低,但这没妨碍他上学读书,他跟村里健全的孩子一起翻山涉水上小学、读初中。父母亲夸他争气,邻居说他父母给他起了一个好名:好运来!

运来初中毕业后没上高中,同村里的玩伴一起到南方打工,十多年过去了,小青年成了老后生,留在村里跟他同龄的伙伴有的已是几个孩子的爹了,他依然"一人吃饱,全家不饿"。父母盼星星盼月亮盼他带个媳妇回家。他说,我比你们还急呢!

第四辑　社会传真

运来有个心愿：到许愿公园向老天爷许个愿。

许愿公园在城市西南部，是城里几个主题公园中人气最旺的公园。

中秋节，厂里放假三天，运来决定在这个假期了结这个心愿。

许愿公园里像墟日，到处人头涌动，回响着五湖四海的方言土语。运来和几个志同道合的老乡向老天爷许愿，他们来到公园南边的许愿树下，茂盛的许愿树上挂满红的黄的许愿符，红的是一朵盛开的心花，黄的是一段飘逸的缎带，心花和缎带上写着愿望。运来他们像猜灯谜一样看着一张张符纸，细声讲，大声笑。说完笑罢，一伙人走到树旁的纸裱店里，每人买了一册许愿符，伏在柜台上写自己的愿望。运来拿起签字笔走出店门，躲在僻静处写愿望。同伴们都写完了，运来还在写。大家好奇地围上来要看他的愿望，他忙把符纸捂住，连声说："天机：不可泄漏！天机不可泄漏！"老乡们不管天机地机，一把把他的符纸抢过来，只见上面端端正正地写着：带个女朋友回家。

一伙人嘻嘻哈哈地走到许愿树下，用力把许愿符往树上抛，抛上，掉下来，再抛……红光黄光像彩蝶似的上下翻飞，最后停留在符堆上。运来没本事，连续抛了三次都搭不上树杈。他也不去捡许愿符，招呼老乡们走人。大家笑他："候先生，老天爷的手机正在通话，请稍候！"

运来不服气，第二天，他又和老乡去许愿公园，这次不去许愿树，来到湖边放许愿船。湖边小店里，像百叶窗的货架上摆满色纸折的许愿船，五颜六色，有大有小，有单篷的、双篷的，也有无篷的。无篷

骤雨中的阳光

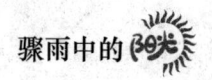

船便宜，运来要了一只，蹲在湖边写愿望。

"还是那句天机？"

"天机不可泄漏！"

愿望写完，运来在船舱点上节日蜡烛，然后走下码头把许愿船放在湖里。亮着烛光的许愿船，忘情地在水里转着圈，然后向许愿湖深处进发。不知谁往水里丢了一块大泥团，平静的湖面漾起个个涟漪。一个浪头扑来，运来的许愿船翻了，蜡烛掉了，大家笑他："候先生，老天爷的手机正在通话，请稍候！"

运来说"事不过三"，不信天天"裤穿窿"，总有一天"龙穿凤"！第三天，他又和那班老乡来到许愿公园，这次不上树，不下水，今天他们要飞天。在湖畔广场放灯区，每人买了一个许愿灯，他们要把理想放飞！

许愿灯是由传统的孔明灯改良过来的。孔明灯是用纸、篾扎成的敞口大灯笼，借助热空气升空。放孔明灯是当地中秋节的习俗，为的是纪念三国时期的孔明，祈求像孔明军师那样聪明能干。传统的孔明灯用火水（煤油）、纸箔、棉絮作燃料，孔明灯掉下来了，盆里的燃料还没燃尽，掉到田野里，烧甘蔗稻禾，掉到村庄里，烧茅屋柴间。因此，为了安全，20世纪中叶孔明灯已禁飞了。21世纪初，精明的商家改良了孔明灯，灯改小了，不烧火水烧蜡块，蜡块烧完了，孔明灯也熄火了，掉下来也不会引起火灾。放孔明灯安全了，禁飞令解除了，传统民俗也恢复了。每年中秋时节，风高气爽，城乡处处有人放孔明灯，一个个红星在城乡的夜空闪烁。孔明灯不但改了燃料，连名字也改了，如今叫"许愿灯"！

第四辑　社会传真

许愿公园的放灯区，提着五彩缤纷的许愿灯的男男女女在排队等位。放灯区里用白漆划成一个个像车位那样的放灯位，成了一个个许愿方阵。"升起来了，升起来了！"人们追逐着冉冉上升的许愿灯，追不了几步便停下来，仰起头目送许愿灯远去。霎时间，城市上空繁星点点，红光闪闪！

运来和他的老乡虔诚地在愿望灯壁上写愿望，这一次，运来不怕天机泄漏，当着大伙的面写上醒目的大字：带个女朋友回家。不小心箱头笔把灯壁划了个小洞，店主忙找来透明胶纸替他把小洞补好。运来要老乡先放，说他的灯最大，要压后，"好事当归尾"！

大家把灯放在灯位上，点蜡、按盖。火苗渐渐旺了，纸筒里充盈着热气，像把大罗伞，随着"三、二、一"倒数声，捂着灯口的手一齐放开，鼓足气的许愿灯悠地离开地面，徐徐上升，步步高升。

这时轮到运来放灯了，他轻轻地把灯壁纸抻好，然后点燃蜡块，他担心纸壁上那个补丁会漏气，忙用手捂住补丁。不到一刻钟，灯涨满了气，急着升空，大家忙把捂住的手放开，许愿灯离开地面，倾斜着往上升，升到一人多高时，突然许愿灯停了下来，运来以为灯要掉了，忙赶过去要助它一把，许愿灯转了个圈又往上升，原来，刚才是向他们行告别礼。许愿灯越升越高，越变越小，最后成了一颗星，融进中秋夜空的星海里。

"老天爷的手机通了！老天爷的手机通了！"运来跟老乡们击掌相庆，击一下掌，发一声喊："耶！心想事成！"庆祝完，运来从口袋里掏出百元大钞，买了十个愿望灯分发给老乡。老乡们接过来，认真地在灯上写愿望。运来要看他们的愿望，大家都遮挡着，

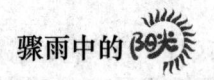

说"天机不可泄漏,天机不可泄漏"!运来哪管天机地机,一个个夺过他们的愿望灯,他惊奇地发现,他们写的都是同一句话:带个女朋友回家!

第四辑 社会传真

阴 阳 头

我是下乡当知青时认识剃头观的。

那时我是墟镇待业青年,响应"我们也有一双手,不在城镇吃闲饭"的号召,举家下放农村接受贫下中农再教育。因为我是高中毕业生,有点墨水,村里安排我在村小当民办教师,一天记十个工分。我先是当一名班主任,后来成了学校负责人,学校里只有三名老师。

我插队的村子不到三百人,是公社一个生产大队。村里没剃头(理发)佬,邻近大队一个走街串巷的剃头师傅每月来一次小村,给大人和小孩剃头。

剃头师傅姓朱,高高瘦瘦,背有点驼。一对小眼睛,两片薄嘴唇,边剃头边说笑话,逗得大家笑出眼泪。大家都叫他"剃头观"。他的大号叫"朱观福",年纪和我相仿,我常常说他父亲给他起了个好名,天天有猪肝吃够幸福。

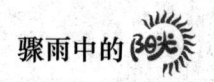

几串清脆的单车铃响，我便知道剃头观来了，忙扛着办公凳向学校门口走去。剃头观的旧单车停在校门口的树荫下，见我出来，忙上前迎接，把办公凳放在单车旁边，然后从单车尾的工具箱里拿出一块油腻的"抹刀布"往单车车头上一挂，扯开喉咙大叫："剃头啰！剃头啰！早到有着数，前三名打八折！"

剃头观诙谐幽默，明明校门口没桌没凳没茶水，见有人来了，他总是说："请坐，饮茶！"来人问："叫我坐在地上喝西北风吗？""随便！"大家都笑起来。

一次，他给一个学生剃头，闻到一股腥臭味，他仔细一看，发现这个学生患了耳炎，耳朵里流出一股脓水。"好臭！"大家忙用手掩住口鼻。剃头观却不慌不忙，放下剃刀，从工具箱里找出几支棉签，帮学生擦净脓污。然后拿出一包"耳散"，又从口袋里掏出一张烟纸，把烟纸卷成小喇叭，将耳散顺着小喇叭吹进耳朵里。吹完耳散，再用手指封住学生的耳洞揉了揉。最后把几包耳散递给学生家长，吩咐家长每天给小孩子喷药。学生家长掏钱给剃头观作药钱。剃头观"啪"的一个立正，给家长行了个军礼，认真地说："为人民服务，免费！"

每年除夕，是剃头档生意最好的日子。村里有个习俗，不留"隔年头"，再穷也要剃个新头过新年，行好运。顶着长头发的大人和小孩在排队等候，每人拿着一块用彩色粉笔写着数字的瓦片。到天黑了，还有不少人拿着瓦片在等候，那时村里还没用上电，校门口黑麻麻的。这时，剃头观停下活来，从工具箱里拿出两支洋蜡，一连划了三支火柴才把洋蜡点燃，一支墩在单车座包上，一支递给即将轮到的小孩子。小孩子举着洋蜡照着他剃头。两支小火炬在除夕夜的寒风中摇曳着，给小山村带来一片光明,也给人们带来一点温暖。大人小孩都欢呼起来,我拍着手说:"剃头观好嘢,城里有'烛光晚餐',我们农村有'烛光剃头'!"

那时还在"清理阶级队伍",我当时是学校负责人,跟大队支书、大队长一样属于"走资本主义道路当权派"。一天,村里的造反派头头心血来潮,说要给专政分子剃"阴阳头"做记号。剃阴阳头的任务交给剃头观执行,专政对象排着队等候剃头观"动刑",每人手里拿着写着数字的瓦片。剃头观按着专政分子的"老狗头",拿起断了齿的胶梳把头发中间一分为二,"嗦嗦嗦"几下功夫便把左边头发剃光,右边头发保留着,一会儿,阴阳头出来了:一边是发青的头皮,一边是黄黑的头发。这就是当年盛行的"阴阳头"。轮到给我"动刑"时,剃头观把我的小分头前后分开,前面的头发留着,后面的头发却被剃光了,成了"前后阴阳头"。造反派头头说不算数,要重剃!剃头观却说:"校长就是要剃这样的发型,这叫'前面是人,后面是鬼',这是你们常说的大批判口号!"造反派头头一时哑口无言,"前后阴阳头"顺利过关。

我顶着这样的阴阳头天天在田头地尾晃来晃去,碰到人时我总是正面示人,谁也不知道脑后是光的,剃头观巧妙地为"人民教师"保住了正面形象。

后来,大队安排我当"赤脚医生",兼职剃头,卫生站也是理发店。碰到患耳炎的人我就拿出烟纸卷成小喇叭,把耳散吹进患者的耳朵里,大家都说,"校长"这个本领是从剃头观那儿学来的。

落实政策回到墟镇后,我开了间"大众理发店",许多不愿光顾

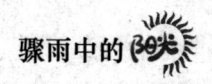

发廊、美发店的老人和小孩成了"大众理发店"的回头客。一天，一个戴着鸭舌帽的驼背老人走进店里，屁股在理发椅上一碰就喊起来："师傅，剃头！"我走上前问他："是剃光头还是剃平头？"驼背老人往椅背一靠，大吼一声："阴阳头！"然后揭掉鸭舌帽对着我，一下子我们两人都大笑起来……

第四辑　社会传真

领导还是会讲话的

一阵急促的手机铃声,把老赵从睡梦中惊醒,他从床头柜上拿起手机,刚"喂"了一声,就连忙一骨碌滚下床,匆匆穿衣着鞋。电话是乡党委书记打来的,要老赵马上把讲话稿交给他。

老赵记得今天上午乡里要召开三级干部会议,镇、村、组的干部都要参加,书记要在会上讲话,总结过去,展望未来。时下有个怪现象,人一旦当了领导,就不会讲话了,大小会议的讲话稿都要材料员(秘书)起草。老赵当了三十年材料员,先后为七届领导写过讲话稿。老赵写的讲话稿,摸透领导意图,内容翔实具体,语言生动风趣,领导满意,听众也满意。就是这个原因,乡里每一届领导都不愿提拔老赵,怕他成了领导,就不再为领导写讲话稿了。

老赵还是小赵时,就在乡办公室当材料员了,一晃几十年过去了,小赵成了老赵,也错过了提拔领导的年限,后来,县委组织部颁给

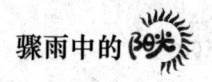

老赵一个"安慰奖"——让他当乡办公室主任。办公室主任不是领导职务，老赵还是要为领导写讲话稿。

老赵也成了老油条。过去，他提前几天就把讲话稿交给领导，领导为了表示有水平，讲话稿总是通不过，要修改修改，改来改去还是改回原处。后来老赵找到了一个规律，写好的讲话稿不要忙着交给领导，待要开会了才把讲稿送上去，这时，时间紧，领导也来不及修改了，讲话稿"一稿通过"。

因为讲话稿是老赵写的，领导在台上念稿子，老赵根本不用听"代言人"的讲话，利用这个时间在台下构思文学作品。这个时候写作，不用接听电话，不用接待来访，更不用被领导呼来喝去，是最好的写作环境。老赵是个业余作家，他发表的文学作品大多是在开大会时创作的，乡里经常开大会，给老赵创造了许多业余创作的机会。领导在台上看见他不停地写字，表扬他认真做记录。一次乡里开计划生育动员大会，趁这个机会，老赵修改小小说《放行》。突然，一只手搁在他的肩上，他忙合上写作本，回头一望，原来是计生办的材料员老陈。老陈说他刚才上厕所去了，没有听到乡长"布置组织计生工作队"那部分，要抄老赵的记录。老赵松了一口气，慢慢拨开老陈的手，往主席台上指了指，说："乡长正在讲话，要尊重乡长，不要交头接耳，等散会后到我办公室来抄。"散会后，两人来到乡办公室，老赵把乡长的讲话稿给老陈抄录，自己则把刚才写好的小小说稿誉写好，伸了伸懒腰说，又一篇好作品问世了！

总结表彰大会上，乡委书记在台上讲得眉飞色舞，生动的语言和肢体动作让干部们听得入神。老赵像平时一样抓紧机会写小说，完全沉

第四辑　社会传真

浸在人物和情节中了，突然，掌声哗啦啦地响了起来，老赵往主席台上一望，书记正在收拾讲话稿，主持会议的乡长大声宣布散会，随着"砰砰"的椅子声，人们鱼贯地走出会堂。

老赵回到办公室，打开抽屉拿格子纸，顿时吓了一跳，原来，抽屉里躺着几页讲话稿，是关于"今后工作任务"部分的，会前匆匆忙忙把讲话稿交给书记，把这几页漏拿了，书记刚才布置工作任务时是"脱稿讲话"，听众一点也没听出破绽。老赵拿起那几页漏掉的稿纸，正要去找书记"请罪"，书记却一头撞了进来，劈头就问："老赵，刚才我那'脱口秀'怎么样？"

"脱得好，脱得好，够专业，有水平。"老赵把那几页稿纸一把撕掉，大声说："领导还是会讲话的！"

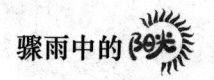

逗 利 是

阿娟是我的邻居，也是我的"同年"：同一年出生，同一年上学，同一年结婚，却没能同一年生孩子。我的儿子都上小学一年级了，她依然和丈夫过着二人世界。

阿娟的丈夫是"倒插门"，带着她跑遍了市内外治不育不孕的医院，父母天天求神拜佛，还在院子里遍种丹桂树，取"桂树桂花生贵子"之意。但这一切努力都没有效果，几年来她的肚子里依然没动静。人们笑她"生肥肠""无子命"。阿娟在人前不动声色，照样上班下班，照样做美容打麻将，但房间里却贴满了肥仔肥妹的画片，独自一人时常对着画片出神，总觉得有一个是她生的。

阿娟不好过的日子是每年春节期间，过了除夕，她便不出门，宅在家里看电视玩电脑。我们这里的习俗，春节期间，大人要给小孩子赏"利是"（红包），祝福孩子利利是是，平平安安，快点长大。阿娟家

第四辑　社会传真

里没小孩，头几年，只有赏利是而没有收利是，"有出无入"她觉得亏大了，于是每年春节都躲在家里，美其名曰"躲年"。

阿娟躲得了初一却躲不了十五，正月十五是她外婆生日，外婆亲戚多，祝寿的人多，带来的小孩也多，每次外婆生日阿娟都要送出近百封利是，有一年阿娟向外婆建议："阿婆，你的生日能否调整到正月十五之后，不要与元宵节重叠？"阿婆却说："重叠好呀，那么多人陪我过生日，够热闹。"外婆的生日无法调整，阿娟只好调整"利是"的内容了，原先每封利是"五元"，调整为"五角"。

过了正月十五元宵节，春节结束了，再不用赏利是了，阿娟像冬眠的青蛙一样恢复平时的生活，照样逛商场，做美容，打麻将。我知道阿娟这个脾性，春节期间从不带孩子上她家串门。

后来经人介绍，阿娟从山区里收养了一名女婴，取名"来娣"。"来娣"果然给她带来了好运，第二年生了一对龙凤胎。从此，她再不用躲年。新正头，她每天一大早把三个孩子叫醒，匆匆梳洗后便背上背一个，双手各拖一个，穿街走巷串门子，走亲戚，逗利是。那时，人们多是独生子女，她赏给人家一封利是，却收回了三封利是，赚了，她说要把前几年送出去的利是赚回来。阿娟在市文化局群文科工作，往年她从不到科长家里拜年。有了三个孩子后，每年春节第一个到科长家。三个孩子见到科长，奶声奶气地对科长说"恭喜发财，利是逗来"。科长蹲下身来，摸着孩子的头说："小朋友乖，叔叔给你们赏利是。利是在叔叔衣袋里，你们自己掏。"原来，科长的利是分三个档次，分别放在上衣的三个口袋里：左边是二十元，右边的是五十元，上面的是一百元。阿娟叫孩子们每人掏一个口袋，说总有一个掏到大利是。然后从坤

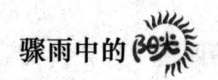

包里掏出两封利是赏给科长的儿子,每封都是二十元。

一年元宵节,阿娟随文化局组织的慰问团到扶贫对口单位做文化交流,广西河池地区南丹县是市文化局扶贫对口单位。南丹县是少数族地区,自然条件恶劣,群众生活困苦,连水也不够吃。市文化局给他们建水窦(斗)、建学校,每年都要到南丹县慰问。阿娟随团到村小慰问师生,村小是个教学点,只有十几名学生,校舍是新的,桌椅也是新的,学生的衣服却是旧的,有的还打了补丁。在科长带领下,大家把带来的书包、文具和衣服发给学生们。看到眼前这群衣着破旧的小学生,阿娟想起家里那几个孩子,她想,"同在蓝天下,差距这么大啊!"她忙从坤包里掏出一叠利是分给每个小学生。同事们先是一愣,随后纷纷从手袋里掏出利是派给学生。一些没准备利是的同事,匆匆忙忙地拿出现金派给孩子。这一天学校提早放学,让孩子们回去给家长报喜。

今年,我儿子考上清华大学,我在酒店里摆"谢师宴"邀请亲朋好友参加。阿娟带着三个孩子来了,她给我儿子一封大利是,然后叫三个孩子摸摸我儿子的手,说要沾沾"学霸"的才气,长大了也要考上清华。

第四辑　社会传真

苏　三　皮

　　苏三皮是市收藏家协会一名业余钱币玩家，经过几十年的经营，他拥有四个专题的收藏集："纸写人生——人民币收藏""世界钱币鉴赏""纪念钞（币）大全"和"各国硬币总汇"。这四本厚厚的收藏册展现了他多年业余收藏的丰硕成果。

　　在一次藏友交流会上，会长展示一张深绿色的三元券，让会员们开眼界。会长告诉大家，这张井冈山三元券是我国发行的第二套人民币中的极品，也是新中国唯一发行的面额为三元的人民币纸币。因为该券是委托当时的苏联代为印制的，又称"苏三币"。"苏三币"只流通了十年，印数较少，特定历史造成资源稀缺，如今"苏三币"市场上已涨到一万元一张。收藏"苏三币"几乎成了不可能完成的任务。

　　苏三皮从此认识了"苏三币"，"苏三币"令苏三皮的收藏册黯

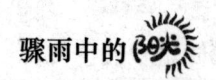

然失色。苏三皮是一个勇于接受挑战的角色，他决心让"不可能"成为"可能"，开始了一系列寻宝行动。

他从会长那里借来了《人民币收藏与鉴赏》一书，影印了"苏三币"的照片，写了十几张"千元高价收购三元人民币"的启事，到菜市场、敬老院、教堂、老人活动中心和理发店等地方张贴，张开大网寻找"苏三币"。

一天，一个后生仔打来电话，说有一张三元券出售，约苏三皮到大众理发店交易。在理发店，苏三皮接过后生仔递来的"苏三币"，问："后生仔，这张旧钱是从哪儿弄来的？"后生仔说是从奶奶住的老房子的墙隙里找到的。苏三皮拿着"苏三币"久久不愿放手，急忙从钱包里掏出十张百元钞递给后生仔，后生仔接过钱，三步并作两步离开理发店。

苏三皮带着高价换来的"苏三币"到会长家炫耀。老会长把"苏三币"对着灯光一照，说："老友，这是一张赝品，是从电脑扫描出来的。"苏三皮的心一下子掉到冰窖里，会长告诉他，苏三币钞纸有实心五角星花纹混合水印。苏三皮将赝品对着灯光照过来照过去，哪里有什么水印。会长拍拍苏三皮的肩头，笑着说："老友，一千元当作交学费吧，钱币不是那么好玩的。"

初战告负并没有挫败苏三皮志在必得的决心，他坚信"失败是成功之母"，重酬之下总会有人送来真品。

机会终于来了。

在县城藏品市场，一个刀疤脸老头说有一张"苏三币"出让。苏三皮接过来一看，钞纸上果然有实心五角星花纹混合水印，是真品，而

第四辑　社会传真

且品相极好,他问老头要换多少钱,老头说不要现钱,要票换票。苏三皮提出用"80年版"百元钞跟他换,老头说一张"苏三币"要换十张"80版"百元钞。苏三皮刚好收藏了十多张"80版"百元钞,忙点头同意,两人当即击掌成交。

第二天,苏三皮带着十张"80年版"百元钞来到市场,老头已等候多时,他接过苏三皮递来的百元钞,从皮包里拿出一张压塑的"苏三币"递给苏三皮,转眼便从人丛中消失了。苏三皮忙到会长家报喜,说这次终于得到一张真的"苏三币"。会长把"苏三币"接过来,剪开塑膜,从套子里拿出"苏三币",只看了一眼就大叫起来:"老弟,你又上当了,这张还是假的。""我明明看到有水印,是真钞而且品相好。""你被调包了,老头给你看的是真钞,给你的是影印件。"苏三皮忙冲出门,骑着摩托车在市场上转了几圈,哪里还有老头的影子!

苏三皮一手拿一张假钱,心里想,人家做得了初一,我就做得十五,以其人之道还治其人之身,到市场上把赝品换掉,赚回学费。一个墟日,他怀揣着两张假"苏三币"在老街上转悠,见老街拐角处有一个高价收购旧人民币的档口,忙走过去一看,档口立着一幅广告板,上面印着早期发行的人民币、兑换券和国库券的影印件,广告板后坐着一个枯老头子,戴着一顶破毡帽,一对长寿眉,浓眉下是一对小眼睛。听说有人来出售三元券,老头忙站起来,眯起双眼打量着苏三皮,苏三皮小心地从口袋里掏出一张"苏三币"交给老头,老头双手往裤边一擦,虔诚地接过旧钱,一照一甩,立时小眼睛连成一条线,和颜悦色地对苏三皮说:"朋友,你是来考我识不识货的吧?这样的假货我见得多

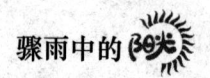

了。"苏三皮忙说:"对不起!是朋友叫我帮他出手的,我也不知道是假货。"说完,捡起老头扔在地上的假钱垂头丧气地往老街深处走去。

　　苏三皮把两张假"苏三币"当作工艺品收藏起来,从此,钱币玩家们给苏三皮起了个绰号——苏三败!

第五辑 人生转盘

伤员安置好了，保险公司的人也到了，是一位女经理。老陈问她："经理，保险公司能赔多少？""他没买保险。""没买保险？！"老陈一下子愣了。

——《卖命》

第五辑　人生转盘

充　　电

刘佳是一名大学毕业生，刚考上公务员，被分配到区党政办公室任材料员。刚上班就遇到疫情，他和同事积极参加防疫工作，却不幸感染了，被120急救车送进了定点医院。

经过治疗，刘佳终于转到轻症医院了。这是一家方舱医院，刘佳记起这里原来是全市最大的篮球馆，可以容纳一万多观众，他曾经多次来这里观看CBA比赛。他背着双肩包走进方舱里面，只见宽敞的篮球馆里被隔成一条条长格子，摆放着一排排病床。他找到他的66号病床，护士帮他铺床叠被。

看着篮球馆变成医院，刘佳感慨万分。那种万人为主队呐喊加油的场面历历在目。他想，什么时候可以恢复万人欢呼的场面呢，到时第一时间去捧场。

安顿好后，刘佳觉得该向家人报个平安，连忙拿出手机，一点，

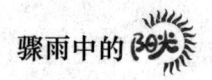

手机却毫无反应，他知道没电了，连忙打开双肩包找充电器，可是翻遍了双肩包，还是不见充电器的踪影。这时，他想起来了，刚才听到从重症医院转去轻症医院的消息，连忙收拾东西，却忘记把插在床头的充电器拔出来带走。在重症医院病房，有一个定点照顾他的护士，像亲人一样照顾他，推着轮椅送他去做各种检查，照顾他的饮食起居，还鼓励他一定能够走出重症医院。一次，主管护士送刘佳去照CT，一不小心，刘佳从又高又窄的"桥"上掉下来，说时迟，那时快，在旁边监护的护士一把扯着刘佳的双臂，奋身一挡，刘佳没跌倒在地却砸在护士身上，刘佳一下子脸红了。护士伸了伸手臂，说："刘佳，今天你的气色真好！"

他看不到她的脸，只看到她如弯月般眼眉下的大眼睛。但他却从她的防护服后面看到她的名字 "黄莺"和下面一串电话号码，他好奇地把她的名字和电话号码存进手机里。手机没电，他无奈地东张西望，心里责怨自己虽年轻却记性差。他的目光百无聊赖地在床沿、墙壁隔板上扫视，竟发现床边隔板上有一个万用插座可以用于手机充电。可是他没有输入线，他紧紧地盯着插孔发呆。突然，他轻轻拍了一下自己的头，精神为之一振，他记得当时买新手机时，店员给了他两条输入线。于是，他在背包里左掏右掏，终于找出了一条输入线，他迫不及待地把输入线插进插座。

很快，手机上的电量达到百分之二十，刘佳连忙开机找到号码给黄莺打电话。

"嘟、嘟、嘟"，手机无人接听，刘佳连着拨了几次都还是没人接听，他想，黄莺背后那个号码可能不是她的，是她那援鄂广东医疗队

第五辑 人生转盘

的电话。他无奈地把手机往病床上一扔。

手机刚扔到床上就大声叫起来,刘佳冲上去捡起手机一听,一声粤味普通话传过来:"我是黄莺,有什么可以帮到你?"刘佳连忙大声说:"黄医生,我把手机充电器丢在重症病床上了,麻烦你帮我找一下吧?""充电器是你的?刚才主管护士保管好了,等会儿送过去给你。"

将近吃晚饭的时候,方舱医院护士把一个充电器交给刘佳,说是定点医院主管护士送过来的。刘佳一边说"谢谢",一边接过充电器。忽然,他发现充电器上写着几个字"刘佳加油",心里不由得涌起一股暖流,他连忙打开手机,给黄莺医生发了一条微信:"收到,谢谢,大家一起加油!"

护士把盒饭递给他,他没接,说他要充电,便从双肩包里掏出一本《公文写作知识》,凑着床头柜看起来。

护士把盒饭放在他的床头柜上,说:"你要充电,也要充饥。"说完,拍拍手走开了。

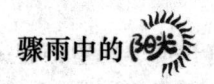

打　　折

我和陈立志都是镇作协会员。老陈六十多岁，宽额门，高颧骨，虽然掉了几齿门牙，依然中气十足。老陈争强好胜，在镇文坛小有名气，大家都叫他"老作"。

去年，老陈自费出了一本书，把历年发表的散文、故事、随笔，还有评论、新闻都汇集在书里，名曰《立志文集》。他把新书送给所有认识人，每本赠书都写着"××方家雅正"几个字，还有他很有特色的签名。人家"签名售书"，他"签名赠书"，很快就把一千本书送完了。

镇东头榕树下有个旧货市场，古玩摊、旧家具摊、旧书摊鳞次栉比，十分热闹。我和老陈经常到旧货市场淘宝，每次都淘到心仪的古董、旧书。深秋的一天，天清气爽，我和老陈又来到旧货市场。这天刚好是星期天，逛旧货市场的人特别多，每个摊位面前都在讨价还价，摊

第五辑　人生转盘

主把货品说得天花乱坠，顾客不住地点头。尽管摊主说得口沫横飞，唇焦口干，成交的概率却很小。我和老陈专在旧书摊流连，寻找目标。突然我发现在街角的一个旧书摊上卧着一本《立志文集》，封面依然很清新，很亮丽。走在前面的老陈肯定也看到了，只见他目光往书上一扫便迅速离开，若无其事地往前走。我忙叫住他，把文集拿起来，故作惊讶地说："老作，你的大作在这里呢！"老陈忙停下来，接过文集，翻开扉页，上面写着"梦白方家雅正"，老陈一面拍着文集封面上的尘土，一面说："梦白这老家伙出卖了我！"又问摊主："老板，这本书你是从哪里弄来的？"

"我是从废品收购站弄来的，这本书刚出版，品相好，成色新。老先生对这本书有兴趣吗？"

"他是这本书的作者。"我把折页"作者简介"里的照片指给摊主看。

老板瞄了一眼照片，又望了望老陈，忙点头哈腰，连声说："有眼不识泰山，很荣幸认识大作家，你是这本书的作者，优惠作家，我八折收来，五折给你，让它物归原主。"

"废话，我的书能打折处理吗？给你全价！"

摊主望了望原价，接过钱说："谢谢老作家，里面还有几本，还要么？"

"全部回收，原价收回！"

摊主忙从蛇皮袋里掏出几本文集，恭恭敬敬地递至老陈手里，老陈苦着脸，如数付了书款。

后来，老陈也在旧货市场摆了个旧书摊，写书的成了卖书的，走

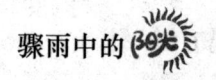

街串巷收废品的老板成了他的供货商，源源不断地为他提供旧杂志、旧书报。

今年初，镇文联为了庆祝成立十周年，出版了一套丛书，有文学的、摄影的，还有书法美术的，我的诗集《红莲白莲》也在丛书里。

镇里举办荔枝节，镇文联趁机会在镇里唯一的五星酒店召开"丛书研讨会"，请来了一百多名镇内外的领导、作家，每人发了一套丛书，还有一袋荔枝。研讨会开了两天，大家都说丛书品位高，质量好，小镇出大作，值得带回去好好欣赏。

一天，陈老板打来电话，说有好事找我。我忙赶到老陈家，一进门就看到几十套丛书整齐地码在台柜上。我的诗集已分离出来，在台另一边集合，焦急地等待主人。我说："陈老板真有本事，从哪里一下子弄来那么多套丛书的？"

"书的来历暂时保密，要紧的是先把你的《红莲白莲》处理好，免得诗集上地摊，丢人现眼！"

"是送给我吗？谢谢陈老板。"

"你忘了我是做生意的吗？我的意思是让你把书买回去，丛书是我从酒店经理那儿弄来的，八折弄来，五折给你，算是老友价。"

我想，诗集摆在家里总比摆在地摊好，连忙答应五折回收。我一摸口袋，因为来得及，忘了带钱包。老陈说："先取货后交钱，我还怕你赖账？"我一边收拾诗集一边回忆，终于记起来了，丛书是上次研讨会时发给与会嘉宾的，研讨会结束了，嘉宾们带走了荔枝，留下了丛书！

作品可以打折，人品却不能够打折！

第五辑　人生转盘

流　　料

老陈是莲城小有名气的摄影发烧友，尤其喜欢拍荷花，每年荷花盛开季节，他常在莲湖畔流连忘返，捕捉精彩镜头。你要找他，在莲湖边肯定找得到。

在他的《荷花世界》影集里，朵朵荷花争奇斗艳，莲韵翩翩。有客人来访，老陈第一时间递上《荷花世界》，然后才是一杯清茶。

一日，朋友欣赏完《荷花世界》，欲言又止。老陈说："请提宝贵意见。"友人问："你要听真话还是假话？"老陈说："我们是死党了，还要说假话？"友人拍了拍摄影集，说："里面作品虽多，精品却少，更没震撼人心的极品！"老陈忙说："请多多指教。"友人说："《荷花世界》里没有并蒂莲，并蒂莲可是荷中极品啊！"

老陈何尝不想拍并蒂莲，只是出现并蒂莲的概率极低，加上湖面宽广，视野有限，多年未缘一面。友人说："要发现并蒂莲，我倒有

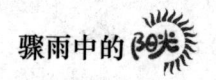

一计。"他如此这般地在老陈耳边嘀咕了一阵，老陈说："妙计！妙计！"

今年荷花盛开时节，老陈在《莲城报》刊登了一则"报料有奖"启事，说凡是发现并蒂莲的奖励一百元。"报料"启事里留下了老陈的手机号码。

一天早上，老陈正在街边大排档里吃早餐，手机响了，老陈忙把含在嘴里的包子咽下肚，匆匆从裤袋里掏出手机。对方的声音很陌生，说在莲湖西边发现一朵并蒂莲，并强调"机会难得，勿失良机"。老陈连早餐也不吃了，三步并作两步跳上摩托车，直到小食店老板娘追上来，才记得还没买单。

来到莲湖西岸，一男子正翘首张望，见老陈来了，忙把并蒂莲的方位指给他看。老陈顺着陌生男子的手势望去，果然有一朵并蒂莲在水中亭亭玉立。忙从口袋里掏出一百元大钞塞给陌生男子，兑现承诺。然后架起三脚架，装上长镜头，两手比比画画地选择最佳拍摄点。

并蒂莲离岸较远，老陈把镜头拉近了仍觉得有点模糊不清。机会难得，他要给并蒂莲拍一张大特写。他卷起裤脚，举高相机，淌水向并蒂莲走去。

老陈心头扑扑跳，两手不住颤抖，慢慢向并蒂莲靠近，生怕水声惊动并蒂莲。来到并蒂莲跟前，他高声喊叫："踏破铁鞋无觅处，得来全不费工夫。"在取景框里，他发现面前同柄的两朵荷花有点异样，左边的明亮，右边的灰暗。他以为双手颤动的缘故，忙放下相机，凑近观察这朵十多年才等到的极品荷花。

细看之下，果然一朵荷花水灵灵，光闪闪；一朵荷花却是蔫腻

第五辑　人生转盘

腻,软绵绵。老陈揉揉双眼,发现那朵残荷花竟是被人用牙签别上去的。他这才意识到自己上当了,原来是"流料"。正要找那陌生男子,回头一看,岸上早已没人,只有那个三脚架孤零零地站着,陌生男子不知什么时候离开了。老陈自认倒霉,但觉得教训也是收获。他把那朵人造并蒂莲拍下来,留作警示。

照片晒出来了,老陈给照片起了个题目——《流嘢》!还在照片后面写了受骗的经过。朋友把这张写有摄影故事的照片拿去参加莲城举办的"荷花摄影大赛"。几天之后,评奖结果揭晓了,《流嘢》获得大赛特别奖——"呼唤诚实奖"。

《流嘢》和它拍摄背后的故事在《莲城报》发表了,老陈在报上声明,"报料有奖"启事继续生效。他坚信,一定有人给他报"坚料"!

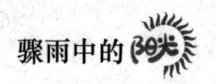

卖　　命

徐亮入职人寿保险公司近半年了，一单业务也没做成，经理给他下了最后通牒：如果这个月还做不到一单业务，就要拎包走人，公司不养闲人！

做保险是求爷爷拜奶奶的苦差，男的特别难胜任。几个月来，徐亮学老业务员那样整天穿街过巷按人家的门铃，门开了，一听说卖保险的，"砰"一声关了，把他愣在门外。好在公司包吃包住（工资靠业务提成），他才不至于流落街头。

一天早上，徐亮背着公司发的黑皮包到外面碰运气。走过长青公园门口，看到一群中老年人在晨运，有的做健身操，有的耍太极球，有的跳传统舞……看到这热气腾腾的晨练场面，徐亮心头豁然开朗，这些人就是他的客源，这座富矿过去怎么没发现呢！于是，他来到做健身操的老年人队伍中找了个位子，把皮包往旁边的花槽上一放，学着老人的动作伸手、踢腿、扭腰。做健身操的都是大爷大妈，一个黑脑袋混在白头发堆里，显得特别显眼。

对这个小伙子的到来，老人们谁都没理会，因为经常有些调皮的男女青年一直学着他们的样子伸手踢腿，但三几下工夫就嘻嘻哈哈地走开了。带着黑皮包的小伙子一直跟着他们随着音乐做动作，直到结束。一连好几天都是如此，终于引起老人们注意了。一个退休干部模样的老大爷走过来跟徐亮打招呼："靓仔，这么有雅兴陪我们这班'三等公民'玩？"

"什么'三等公民'？"

"我们这班人整天等食、等拉、等死，这不是'三等公民'吗？"

"你们是一等公民，过去你们为这个城市的建设和发展出过力、流过汗、做过重大贡献哩！"

"这句话好像在什么地方听过。"

"我讲的是心里话。"

"后生仔，你是搞政工的？"

"我像是搞政工的人吗？我是卖保险的，是专门为你们老人服务的。"

"为我们服务？"

"老伯，为老人服务的项目多着哩。"

徐亮亮起嗓门加上肢体语言，把人寿保险的好处和优越性给老人们宣讲："买了人寿保险可享受关爱年金、生存分红、满期保险、亡故重赔等优惠，总之，买人寿保险是回报率最高的投资。"口才好是徐亮

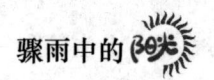

的强项，说得老人们不住地点头，围观的中老年人把他围了个里三圈外三圈。

旁边的老太婆告诉徐亮，那老头姓陈，是镇高级中学退休老师，还是他们晨练的领队呢。"怪不得他提的问题特别多。"徐亮点了点头，似乎悟出了什么，忙从皮包里掏出一叠宣传小册子递给领队："陈老师，您是镇里最高学府的高级知识分子，请多多关照。"陈老师接过小册子，有选择地在人群中发放。

徐亮发现，陈老师特别好抽烟，嘴角不时叼着一支烟，就算做着健身操也烟不离口，长长的烟灰像一条毛毛虫挂在嘴边。徐亮是不抽烟的，认识陈老师后，他上衣口袋常装着一包"中华"香烟，一见陈老师，忙笨手笨脚地把烟从盒里抽出来，递给陈老师。陈老师也不推辞，"噗"一声把烟蒂吐掉，两手把烟一揉便含在嘴角。"中华"在两代人中间搭起了一座"连心桥"。

一天晨练结束，徐亮拿起皮包正要走，陈老师叫住了他："靓仔，到我家里给我开个户。"

徐亮喜出望外，忙跟着老陈往公园外面走。

陈老师住在凤凰小区，两个人踏着高高的石级向区内走去，路边高大的大王椰拍着手欢迎他们，广场砖铺造的林荫小道引导他们来到一个单家独院前，陈老师掏出小巧的遥控器一按，高大的铁门徐徐开启。进入大门是个整洁的小院子，栽满花花草草。走过院子，来到别墅门前，陈老师轻轻地拉开不锈钢拉闸，把徐亮往厅里让。徐亮无心欣赏厅内的陈设，忙打开皮包取出一式三份的保险单让老陈填写。待所有要填的信息都填上后，徐亮让陈老师在"受益人"栏上签名，陈老师接过签

第五辑　人生转盘

字笔工工整整地写上"陈宏博"三个字。

"陈老师，您的名字真大气。"

"这是我孙子的名字，他就是这个险的受益人。"

"这叫'前人栽树，后人乘凉'，陈老师高瞻远瞩。"

手续办好后，徐亮紧握着老陈的手，激动地说："陈老师，您是我的第一个客户，我想请您到外面喝杯小酒，庆贺我们合作愉快！"

"靓仔，你做这一行赚钱不容易，哪好意思让你破费！"

"陈老师，今天是我开张的日子，千万要赏脸！"

"那好！从命，从命！"

说完，两个人开门往外走，来到小区门口石级处，徐亮三级并作一级往下跳，黑皮包像个黑蝴蝶在他身后跳跃。

突然，一辆黑色轿车飞驰而来，把刚跳下石级的徐亮撞倒了，重重地摔在马路上……黑色轿车停了一下，又加大油门绝尘而去。

站在石级上的老陈惊得目瞪口呆，忙跑下石级，跑到马路上把倒在血泊中的徐亮抱起来，大声呼叫："的士的士！"很快，一辆黄色的士过来了，陈老师和司机七手八脚把徐亮送往医院。

车上，老陈掏出小徐给他的名片给他公司打电话，按了好几次键，才把电话打通。

伤员安置好了，保险公司的人也到了，是一位女经理。老陈问她："经理，保险公司能赔多少？"

"他没买保险。"

"没买保险？！"老陈一下子愣了。

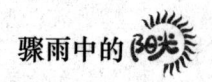

名　　壶

　　陈阳是县国土副局长，负责土地拍卖和工程招标。他不吸烟，不喝酒，只喜欢收藏紫砂壶，他家里和办公室都有收藏名壶的博古架。

　　吴胜是房地产开发商，经营好几个楼盘。他个子矮墩黑实，喜欢戴一副墨镜，主要是为了遮住天生的八字眉和那双朦猪眼。可以说，吴胜一点都不像个大老板，倒像个活生生的黑社会老大。

　　一天，吴胜来到国土局，轻车熟路地走进陈阳办公室，他知道陈局不喜好烟酒，来国土局时都是两手空空，只带一张大嘴。

　　这次，他刚在沙发上坐下，就直奔主题："陈局，城西公园的工程底标能吐露一点吗？"

　　"可以，十三个亿。"陈阳不紧不慢地说。

　　"陈局真会开玩笑，谁不知道全国人口十三个亿，这个工程最多

第五辑　人生转盘

值一亿三。"

"你都知道了，那还来问我！"

话不投机半句多。吴胜站起来，走到博古架前观赏名壶，刚要伸手去取一只古色古香的壶，却一眼瞅见博古架上新添了"手莫伸，伸手必被捉"几个字，忙又把手缩回来。

"领导，我车上有一把好壶，现在就去拿来送给你。"还没等陈阳回应，吴胜就已大踏步走出办公室。

过了一会儿，吴胜提着一只锦盒进来了。他打开盒子，掏出一个像拳头大小的紫砂壶。这壶的形状相当罕见，像个刚离蒂的小南瓜，瓜身八瓣，壶盖是一片翠绿的瓜叶，壶柄、壶嘴分别是一截翡翠色的瓜梗。

吴胜把壶倒过来，指着壶底几个篆字说："陈局，你是行家，看看是不是时大彬作品。"

"这几个篆字好像是时大彬，但是真假还须进一步研究核实。"陈阳不动声色。

"真假无所谓，就当是工艺品，留给陈局收藏。"话音未落，吴胜人已从楼道里消失了。

陈阳犹豫了一会，叫来办公室的工作人员，让他将壶送还给吴胜。等工作人员追下楼去，吴胜的车却已驶出机关大院。

工作人员又将壶拿了回来，陈阳顺手放在博古架上，并特意贴上一张纸条："此壶为吴胜老板遗留。"

两个多月过去，工程竞标有了结果，落标的吴胜很生气，把一封实名举报信送到了县纪委，举报陈阳收了他一把价值连城的紫砂

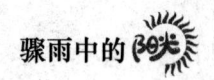

壶。

县纪委打来电话，请陈阳副局长过去"饮茶"，并要求他把那只"名壶"也带上。

在纪委办案区，纪委书记打量着桌上的紫砂壶，连说"好壶好壶"，然后去揭壶盖，因盖缝口太紧，把整个茶壶举了起来……陈阳忙去扶壶身，壶盖揭开了，却被纪委书记失手跌在地上，摔成碎片。

"壶盖没了，留壶身何用？"陈阳悻悻地说了句，甩手就把茶壶扔到窗外。

"你想毁灭罪证！"纪委的工作人员冲陈阳凶。

纪委书记低下头，把掉在地上的壶盖碎片一一捡起来，然后从容地把头探出窗外，只见茶壶完好的挂在窗外的树枝上，他连忙叫工作人员到外面把茶壶取下来。

拿到壶身后，纪委书记便给县收藏协会打电话，请茶壶鉴定专家过来帮忙鉴别名壶。

鉴定专家来了，他从口袋里掏出大号放大镜，对着茶壶左照右照，上下检查，最后郑重得出结论：是赝品。专家指着壶底几个篆字，进一步解释："时"字是简体字，那时还没有简体字，"彬"字写成了"杉"字，是个别字。因此，从壶底的铭文上可以看出来，这是一个高仿品。

专家这样一说，陈阳松了一口气。

"我们不会看走眼的，陈局。"纪委书记拉开一个抽屉，从里面取出一把跟赝品一模一样的紫砂壶，在陈阳眼前晃了晃，接着

第五辑　人生转盘

说："这把茶壶是从你家里搜出来的，你以为偷梁换柱能瞒天过海吗？"

陈阳呆住了，眼前又浮现出贴在办公室博古架上的那句话，那句他身患绝症的妻子临终前赠予他的遗迹，后悔不已。

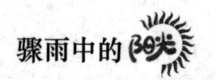

生 果 金

  今年，镇政府给每户独居孤寡老人订了一份日报，邮递员天天上门派报纸，天天有人来探望老人家，开启了扶贫敬老创新模式，再不像过去那样，逢年过节才有人上门看望老人。

  邮递员陈金每天带着礼物——报纸，逐门逐户探望老人家，很快成了老人们的"忘年交"。

  一天，陈金像平时一样给梁伯送报。梁伯是供销社退休职工，矮矮墩墩，国字脸，浓眉下一对小眼睛炯炯有神，两脚却不利索。听到熟悉的邮政摩托车声，一拐一拐地迎了上来，把两张崭新的百元钞递给陈金："阿金，这是女婿送来的生果金。近来社会上假钱多，你帮我看看这两张钱是真是假。"陈金接过来一摸，有点薄，用手一甩，无声响，再对着太阳一照，看不到水印，肯定是假钱。陈金用报纸挡住梁伯的脸，迅速把假钱丢进邮袋里，然后从口袋里掏出两张真钱递给梁伯，若

第五辑　人生转盘

无其事地说："梁伯，女婿孝敬岳父大人还敢作假，这是真钱。"梁伯不知陈金调包，小眼睛骨碌碌地闪，嘴角笑出一朵花。一个月后的一天，梁伯又拿出两张"生果金"递给陈金鉴别。陈金一看，还是假钱，像上次那样，他把两张真钱递给梁伯，和颜悦色地问："梁伯，女婿干什么工作的？"

"女婿和朋友合伙开了间餐厅，生意好着呢。"

"告诉我哪间餐厅，我去帮衬帮衬！"

"镇区庆丰路口那间'兴隆餐厅'。"

陈金和一班同事来到兴隆餐厅吃饭，买单时，陈金看到收银处坐着一个肥佬，忙笑着说："老板，你是梁伯女婿吧？我是梁伯介绍来的，请买单。"

"你认识我岳父，给你打个八折。"

肥佬说完，爽快地接过陈金递过来的百元钞，顺手丢进钱箱，又拿出一张百元钞放在验钞机里摆弄，对陈金说："对不起，你这张百元钞是假钱，公安局有规定，假钱是要没收的，念你是我岳父大人的朋友，放你一马，不没收，换一张算了。"陈金拿着退回来的百元钞一看，轻飘飘的，跟梁伯的"生果金"一样，真钱上的记号没有了，真钱给肥佬调包了！他不动声色地从钱包里掏出一张百元钞递给肥佬，肥佬把百元钞装模作样地在验钞机里验过，然后低头找赎。

回到家，陈金把跟梁伯调包的四张假钱和肥佬调包的那张假钱一溜儿摆在桌子上，一对照，冠字和号码完全一样，肥佬的钱有问题！他把这几张同号钞交给了派出所所长，所长说："谢谢你送来的证据，你提供的线索与线人说得很吻合，该是收网的时候了！"

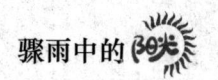

兴隆餐厅是一间两层楼房，民警们在一楼饮茶，所长说"人有三急"要上二楼找洗手间。二楼楼梯口有块大木牌，上面写着"楼上住宿，顾客止步"几个大字。正在收银的肥佬见所长要上二楼，连钱也不收了，一个箭步冲出收银台，一把拉住所长："洗手间在一楼，二楼闲人莫进！"所长一闪冲上楼梯进入二楼，眼前是一个印刷车间，整齐地摆放着各种面额的人民币胶印，各色油墨，还有打印机、印刷机、切纸机，一捆捆纸币半成品和成品。

一阵电话铃声响起，正在饮茶的民警拥着肥佬一齐冲上二楼，所长把带来的几张假钱递给肥佬，叫他跟那些成品钞对冠字号码。手脚颤抖的肥佬扬着那几张假钱问所长："所长大人，你怎样知道这几张假钱是我的！"

"你认真看着，这是你孝敬岳父大人的生果金！"

"我丈人的生果金怎么会到了所长大人手里？"

"这叫多行不义必自毙，走，带你去一个地方你就知道了。"

民警们把造假钞工具、假钞和肥佬一齐带到公安局。

公安局破了一宗制造假钞大案，兴隆餐厅就是造假窝点。老板肥佬因伙同他人制造假钞被判了十年有期徒刑。

陈金每月从自己的工资里拿出两百元交给梁伯，说是他女儿捎过来的生果金。

第五辑　人生转盘

同　　辈

村里开展全民健身活动，男女老少都给动员起来了，惠来嫂和她的邻居钱四婆都带着小孙子小孙女加入了晨练的行列。

惠来嫂和钱四婆已经是奔八十的人了，虽是同辈人，却不是同一阶级，惠来嫂是个"贫农骨"，曾经是大队的妇联主任；而钱四婆却是个地主婆，是村里的专政对象。阶级对立，阵线分明。她们虽是邻居，却从不来往，"鸡犬之声相闻，老死不相往来"。

随着岁月的流逝，惠来嫂的优越感和钱四婆的自卑感都逐渐消失，两个人如今都成了"祖母"和"外婆"，辈分更高了。

晨练的主要内容是健身操，老人们在村公园里松散地排成几行，惠来嫂和钱四婆站在前后两行。惠来嫂至今还觉得要跟"地富反坏"划清界限，她觉得和钱四婆始终不是同一阵线的人。

大家跟着录音机播出的节拍，伸伸手，弯弯腰，这些小孩子才做

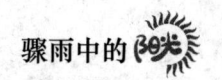

的动作使大家笑作一团。惠来嫂还像当年的样子，叫大家不要吵，跟着口令认真做。但谁也不听老妇联主任的，做到好笑的动作，依然笑得前仰后合。

这时，录音机播出了大家熟悉的红色歌曲。那是健身操的背景音乐——《敬祝毛主席万寿无疆》。听到这熟悉的音乐，惠来嫂变得虔诚起来了，二十多年前，她就是唱着这个歌，带着村里的妇女们跳起了"忠"字舞。而钱四婆却黯然神伤，那个时候，她总是跟村里的"四类分子"（地富反坏）站在一起被批斗，被改造。

那时候，惠来嫂白天要出勤，晚上还要开会，忙得团团转，也因此犯下了一个毛病——易打瞌睡，斩猪菜时斩着斩着就睡着了，左手给砍了道道口子，吃饭时也打瞌睡，直到饭碗摔在地上破了才醒过来。最有名的一次是她睡觉前关大门时握着门闩睡着了，第二天她丈夫清早起来，看到她还扶着门闩睡大觉，把他吓了一跳。后来，惠来嫂"扶着门闩睡大觉"成了街头巷尾的笑料。

钱四婆虽是村里大地主钱发的第四位小老婆，却是"妹子"（丫鬟）出身，在大地主家里出身低微，也就受尽大婆们的欺压，没地位，话也不敢说大声。但在那个年代，地主婆就是地主婆，不管大小，都是专政的对象，门口照样写着"脱胎换骨，重新做人"的白底黑字对联，整天跟"四类分子"一起被监督劳动。

那时候，惠来嫂是村里的积极分子，每次斗争"四类分子"她总是第一个上台，她不识字，却记性好，语录背得滚瓜烂熟，她可以把语录从头背到尾，又从尾背到头。钱四婆最怕惠来嫂上台，一见惠来嫂上台就往"四类分子"堆里躲，又每次都躲不过，每次都成了惠来嫂的

第五辑　人生转盘

"活靶子"。

后来，大家都老了，手脚伶俐的惠来嫂变得弯腰驼背；而细皮嫩肉的钱四婆也像风干了的萝卜，满额皱纹，脸皮打褶。"地主婆"的帽子早些年已给摘掉了，但两个人见面从不打招呼，会面时别转脸也就过去了。

背景音乐变成了《走进新时代》，老人们按着节拍伸腰蹬腿。正在看热闹的惠来嫂的小孙子却走过来拉着钱四婆的小孙女，蹦跳着往前走。惠来嫂和钱四婆对视一下，谁也没出声，跟大伙一起做着健身操。

两个同辈的小朋友手拉着手，合唱着歌，朝着初升的太阳走去……

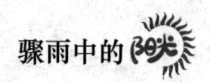

验　收

　　"省卫生镇检查验收会议"在镇区四星级酒店高级会议厅举行。负责创建卫生镇工作的陈副镇长一五一十地向验收团作创卫工作汇报，直听得与会人员哈欠连天。好不容易陈述完毕，主持会议的吴镇长说要补充几句。镇长主持会议很有艺术：上级领导讲话后，他会说"我的体会有几点"；同级领导讲话后，他会说"我强调几点"；下级领导发言后，他会说"我补充几点"。镇长的补充言简意赅，观点鲜明，主题突出，大家都说镇长的水平高，正副职之间就是有点差距，热烈的掌声充分说明了这一点。

　　为了迎接省里检查验收，全镇上下忙碌了好几个月，硬件、软件都得到了改进和充实，尤其是镇区几条主要马路和酒店，环境卫生焕然一新。镇领导说，酒店是镇里的一个窗口，是全镇创卫工作的缩影，因此，酒店的会议厅、中餐厅和住房部的设备全部更新换代，与时俱进，

第五辑　人生转盘

并强化训练酒店员工，一些年纪大了一点、相貌差了一点、素质低了一点的服务员都被调整到别的部门去了，接待人员个个都是精英。

　　检查验收团由省有关部门的领导组成，有一定的权威性和很大的震慑力，团长是省爱卫会的徐副主任。徐团长喜欢节前下去检查验收，他说节前各地都有大清洁的习惯，这个时候检查，新鲜热辣，容易通过。镇长补充完后，徐团长就起身说："百闻不如一见，请镇长带我们到外面参观参观。"团长告诉镇长，这个"一听二看三分析"是检查团总结出来的"先进验收法"，放之四海而皆准。在镇长的引领下，徐团长和验收团成员鱼贯而出，到酒店大门口上车。团长的车做先导，陪同检查验收的吴镇长沿途向团长介绍情况，镇长如数家珍的解说令团长不住地点头。

　　验收团的车队来到一口大鱼塘边慢了下来，鱼塘里有几台增氧机在工作，水面泛起了一阵阵涟漪。塘边，有一个人举着长竹竿在塘里打捞着什么。镇长告诉团长，镇环卫部门每天都派专人到塘边捞垃圾，保持塘面清洁。团长很感兴趣，说镇创卫工作很细化、很具体，值得推广。团长叫司机停车，走下来向环卫工人走去。

　　环卫工手里举着一根长竹竿，竹竿另一头绑着一只剪开无数个口子的编织袋，脚边躺着一只装满瓶子的背篓。镇长眼尖，发现这个环卫工光对可乐罐、矿泉水瓶感兴趣，对其他杂物不屑一顾。镇长知道这是一个专捡瓶罐子的拾荒者，正要引着团长走开，团长却来了兴趣，向拾荒者伸出右手，动情地说："谢谢你为环境保护做贡献！"拾荒者没反应，径直走向旁边的果皮箱，把手伸进箱里掏东西，他刚才看见有几个人把矿泉水瓶放进果皮箱里。团长及时调整了手势，在半空划了个优美

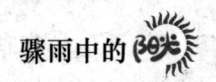

的圆弧，然后轻轻地落在镇长的肩头上，问："吴镇长，还有什么好地方带我们去看看？"一伙人纷纷走向各自的座驾。

　　临上车，徐团长回过头来对紧跟身后的镇长说："吴镇长，你们的垃圾分拣工作很及时，很到位。"镇长"呵"了一声，随即上前一步，拉开车门伸出右手挡住车门顶，连声对团长说："团长上车，小心碰头。""谢谢。"团长钻进车里，在司机后面那个位子坐下来。吴镇长拉开小车前门，坐上了司机旁边的位置，说："我来带路！"

　　检查验收团的车队启动了，从车上扔下来几个空矿泉水瓶，拾荒者丢下长竹竿，飞也似的向目标奔去……

第六辑　名家评论

认识一座城市，往往是从认识一个人开始的；这个人的风采，往往就是这座城市风采的一部分。我认识桥头镇，就是从认识莫树材开始的；而莫树材和他的小小说，早已成为桥头镇一张亮丽的文化名片，成为桥头诸多风采的一部分。

——《东莞小小说领军人莫树材》

第六辑　名家评论

描摹岭南地域风情的高手
——莫树材小小说印象

蔡　楠

人们都说，莫树材是东莞桥头镇的镇宝、大师，原以为只是因为他在培养桥头小小说作家队伍、推出小小说作品、坚持倡导小小说创作、矢志不移地将一种文体与当地经济文化发展融为一体，终成为"桥头小小说现象"这一层面，及至集中阅读了他的小小说集之后，又有了新的认识层面，即莫树材也是一个具有强烈的文体意识、成熟的写作风格、自觉的艺术追求的小小说作家。他以多样的叙述、细腻隐秘的表达以及丰富的人物谱系，展现了独特的岭南地域风情，拓展了岭南文化的内涵和外延。

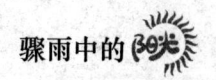

一、多样的叙述

小小说是需要故事的，而且还需要如何讲好这个故事。叙述是最见作家功力的。大千世界，故事万千，将有趣、有味、有意蕴的故事纳入小小说，如何讲好很重要。莫树材在多年的写作实践中，深得其中奥妙。他的叙述主要概括为以下几种方式：

一是反击式。小小说《"蓝带"传真》是莫树材的重要作品。镇打假办主任张军在打假传真上签字，要求玫瑰商场彻查售卖"蓝带"假酒事件。结果商场在傅总带领下查来查去，最后查到了张军的头上，假酒出自他的家中：张军家属将别人送来的假酒拿到商场专柜去寄售，又被别人买来送给张军。故事在最后拐了个弯儿，假酒也拐了个弯儿，又回到了张军这里……打假办主任不但喝假酒，查假酒，还收假酒。反讽意义非同一般，收到了强烈的讽刺效果。

二是层推式。叙述中，一层层，并列反复，展开叙述。

三是递进式。叙述不是并列的，而是一层更进一层，直抵题旨和结果。

四是夸张式。放大生活，夸张叙述，从而更好揭示主题。比如《村主任发包》。村里开拓创新，将水井承包给了理发专业户剃头炳。一系列的不可思议的事情从此开始。剃头炳先是给水井做了铁盖，加了铁锁，打水收费；后来又发打折卡，制售打水时刻表，电脑收费；最后村办公楼起火，水井上锁，无水可救。一系列事情被夸张放大，揭露了市场经济无孔不入，在给人们带来物质丰富的同时，也带给人们精神的毒害。

二、细腻隐秘的表达

莫树材的大部分小小说，既是从现实中取材，带着毛茸茸的生活质感，又善于提炼、发酵，有着对现实诗意的解读，或者说是诗意的再现。小小说或幽默，或诙谐，都渗透着他细腻而隐秘的表达。

比如小小说《流料》对假并蒂莲事件的隐秘处理，拍成照片参加荷花摄影大赛，获得了"呼唤诚实奖"，表达了作家对诚实的热烈呼唤。《最后的换零》中，对乞丐婆婆一点一点地铺垫和塑造，最后人死去了钱都留了下来。一张张预先填写好收款人姓名、地址的千元汇款单让人唏嘘不已。究竟这汇款单是汇给谁的呢？是亲人？是失学儿童？是灾民？还是……小说没说。这就是作家的智慧。没说比说了更具震撼力。小小说的含混性、多义性、丰富性在此体现得淋漓尽致。马尔克斯说："小说是用密码写就的现实，是对世界的一种猜度。"莫树材的小小说印证了这一点。

三、丰富多彩的人物谱系

成熟的作家是有着自己的创作领域或者说是地域的，通过他的领域或者地域，进而创造出一个精神的家园。马尔克斯是这样，福克纳、格拉斯是这样，莫言是这样，莫树材也是这样。他的小小说多取材于岭南地域风土人情，进而创造了一个独特而又丰富多彩的人物谱系，使得他的地域世界和精神家园成为一道亮丽的风景。

一是小官吏形象。如《"蓝带"传真》中打假打到自己头上的打假办主任张军，可叹，可惜，可怜，既被人害，又害别人。

二是在世俗世界中谋求突围的女性形象。比如《"狂草黄"丢包

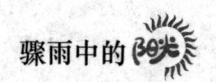

记》中的贵州妹，偷了黄主编的钱，又自报家门，还寄给他小小说。泼辣、真实、坦白的打工女形象；《双双小传》中的姐妹花金双银双，出淤泥而不染，不肯为金钱出卖自己，用诚实劳动维护自己尊严的女性形象……

三是饱受心酸的小人物形象。《最后的换零》中的乞丐婆形象：开始受人可怜，同情，最后备受尊敬，让人震撼。

总之，莫树材用他摇曳多姿的文笔，塑造了众多的人物形象——岭南人物谱系。这是他对小小说的一个突出贡献。

（蔡楠，中国作协会员，知名小小说作家）

第六辑　名家评论

东莞小小说领军人莫树材

申　平

认识一座城市，往往是从认识一个人开始的；这个人的风采，往往就是这座城市风采的一部分。

我认识桥头镇，就是从认识莫树材开始的；而莫树材和他的小小说，早已成为桥头镇一张亮丽的文化名片，成为桥头诸多风采的一部分。

那是2009年初，我收到了一封来自东莞桥头镇的信件。信为手写，字迹工整有力。写信人尊我为先生，说他打听了很久，才知道我就生活在与之毗邻的惠州。信中介绍了桥头镇小小说的创作情况，热情邀请我到桥头去走走看看。署名为莫树材。展读来信后，我按照上面留的电话号码打过去，听筒里传出的是一个略带沙哑的男中音，本地普通话完全能听得懂。寒暄过后，我们相约桥头。

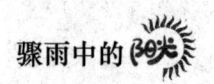

就在这一年的夏天，我和雪弟、海华三人一起来到桥头，开始了我们第一次友谊之旅。在镇政府门前，我看见一位老人站在骄阳之下：他个头不高，头发花白，一张国字脸上充满刚毅。我们下了车，不用介绍就认出了彼此，从此，我和这位被桥头镇人尊称为"材叔"的老人，就开始了长达十年的友谊。每年我几乎都要来到桥头，担任评委，参加活动，赏读荷花。我也逐步了解到，在桥头乃至东莞，有一大批小小说写作者，而领军人物就是莫树材。正是在他的带领下，在桥头镇委镇政府的大力支持下，才渐渐形成了"桥头小小说现象"，并悬挂了"中国桥头小小说创作基地"的牌子。

和莫树材认识之后，我陆陆续续地读到了他的一些小小说作品。这次，他的作品集《骤雨中的阳光》即将出版，我认真翻看，感触良多。我感觉莫树材小小说的突出特点，是紧跟时代步伐，与时俱进，关注小人物，传递正能量，鞭挞假丑恶，语言叙述上也具有鲜明的岭南地方特色。收入本集的作品，从谋篇布局到主题挖掘、人物塑造，都显得成熟老到。这里仅以《红马甲黑马甲》《卖命》《"蓝带"传真》为例加以说明。

《红马甲黑马甲》写的是环卫工人和银行职员之间发生的一段故事。镇长的千金阿香心高气傲，极度蔑视穿红马甲的环卫工人。但恰恰就是这个红马甲在关键时刻救了她这个黑马甲。小说通过强烈的对比反差，歌颂了环卫工人的美好心灵。而且小说在结尾处突然包袱一抖，揭开红马甲原来是储蓄所长妈妈的谜底，不仅使阿香的心灵受到强烈震撼，也同时震撼了读者的心灵。《卖命》则通过一个保险推销员的不幸遭遇，揭示出社会底层小人物生存的艰难。徐亮千方百计推销保险，大

第六辑　名家评论

讲特讲保险的好处，但是当他遭遇车祸时，众人才知道他自己却没钱买保险。这一结局令人扼腕叹息。在莫树材的笔下，社会底层的小人物形形色色，活灵活现。他正是通过对这些弱势群体命运的描述，表达了对他们的无限同情，表现出一个有社会责任感的作家悲天悯人的情怀。

莫树材的小小说也写了官场，但是他所写的官场人物官位都不高。他的代表作《"蓝带"传真》，主人公是一个打假办的主任。他责令商场追查假蓝带事件，没想到却追查到自己的头上——假蓝带原来是他的太太放在商场代卖的。小说对"贼喊捉贼"的社会现象进行了尖锐的讽刺。

莫树材的小小说语言是在坚持汉语书面语写作的前提下，插入方言和口语，插科打诨，原汁原味，富于浓重的岭南生活气息和韵味。如称吝啬为"孤寒"，称呆傻为"痴线"等。还有一些本地俗语的机智运用，使他的作品显得生动活泼。

总而言之，莫树材在小小说创作方面已经取得了很大成就，形成了自己鲜明的艺术风格。读他的作品，不但会感受到时代的变化，也能感受到作者的变化和进步。更让人感动的是，材叔现在已经八十高龄，身体欠佳，但是他依然笔耕不辍。在去年东莞市小小说成立的时候，他又挂帅出征，担任了小小说学会会长，真乃老将黄忠是也！我们相信，材叔必将还会为读者、为社会奉献出更多更好的精神食粮。我们期待着！

（申平，广东省小小说学会会长，一级作家，《小说选刊》特约编辑）

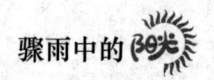

莫树材的小小说情节

刘海涛

小小说要想在短暂的阅读时间里吸引读者的阅读注意，一般需要一个好的小小说故事。好的小小说故事一般是通过好的小小说情节来做艺术载体。好的小小说情节一般具备下列几个审美的形式要素：情节的开头与结尾通过艺术的变化来创造小小说的意外结构和机智元素；小小说的意外结局常常通过反跌对比等方式来创造符合生活逻辑和艺术真实的意外结局；小小说可续性较强的幽默反讽的元素又常常通过单线反馈的形态来给小小说主要人物一个相反的作用和影响。若小小说情节的这些审美要素齐全了，我们说就形成了典型的小小说情节。

莫树材的小小说创作有典型的小小说情节，它充分地展示和印证了小小说情节的几大审美元素。

第六辑　名家评论

《红马甲黑马甲》和《"蓝带"传真》是"反跌对比式"的小小说情节。穿红马甲的是所长当清洁工的妈，属体力劳动者；穿黑马甲的是银行工作人员阿香，属脑力劳动者。但在面对打劫的强盗，不是黑马甲，而是红马甲保洁员救下了姑娘，保住了银行的国家财产。这就是一个"反跌对比"。那篇《"蓝带"传真》更典型。打假办张主任要查办卖假酒的玫瑰商场，没料到这个假酒的货源竟出自张主任自己的家，这就是"单线反馈式情节"。作品主人公发出了主体动作，而这个主体动作的作用竟然回到了发出动作的主体自己。小小说很多的幽默反讽的力量就是来自于这种"单线反馈式情节"。

《验收》与《流料》的小小说情节叫"A——-A——A"的意外情节结局。表面上看，省卫生检查团看到了很多"违反创卫"的人物和行为，但检查团团长却从另一面理解、解读违反创卫的言行。表面上看，《流料》是写老陈想拍到并蒂莲；一个报料人的出现让我们和作品中的人物以为真的发现了并蒂莲，但这却是一个"骗局"；后来这个"骗局"又使这个假并蒂莲照片获得了一个"呼唤诚实奖"。这就是一种意外结局，就是一种内容与形式形成反差变化后构成的充满了艺术韵味的小小说情节。

因此，可以说莫树林的小小说情节有多种提炼和表达方法，但他几个审美元素的齐备使他的小小说情节的构成形态充分诠释了小小说情节的典型性。当前有一些小小说，只有小小说故事概括的叙述，而没有携带小小说细节的描述，这就不是小小说情节。有些小小说已把故事讲完、讲透，但这样的小小说情节没有多余的小小说审美信息，而是构成浅的、露的、白的小小说情节。有的小小说故

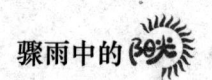

事，开头与结尾的变化过于生硬、突兀，这样的小小说情节也缺乏艺术的韵味和真实生命力。上述三种情况，均未达到小小说情节的基本审美要求。

（刘海涛，知名小说评论家）

第六辑 名家评论

评《骤雨中的阳光》

刘 帆

小小说是浓缩的小说，麻雀虽小，五脏俱全，所谓"幅小天地宽，文短日月长"，说的就是小小说。那好的小小说有没有标准？关于这个问题，我想以莫树材的小小说《骤雨中的阳光》，来谈一谈小小说的"小、巧、新、奇"问题。

首先，小小说作为一种新兴时尚的文体，自然也是有特点的。通常说小说的三要素是人物、环境、情节。人物是小说的核心，情节是小说的骨架，环境是小说的背景。小说的主要手段是塑造人物形象。

小小说除具备小说的特质外，它还有更为显著的特点，简单讲就是：小、巧、新、奇四个字。关于这个说法，已有一些专家学者进行了相关论述，大致观点如下：

小，主要指的是小小说的篇幅短小。通常是一千五百字左右，虽

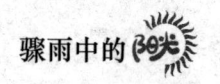

然也有写得长的，但一般都会控制在两千字以下。

巧，说的是小小说要巧于构思。小小说需要克服篇幅短小的困难，在构思过程当中，巧妙选择创作题材、确立主题、设置人物、虚构情节、安排结构，等等，在一波三折中让人物和情节进行片断式行动，捕捉瞬间故事发展、定型人物面貌、摄取典型环境，等等。

新，强调的是小小说需要立意新颖。就是用有限的文字，展现文章无限的感染力，这就要求作品必须把握很好的视角，切中问题，在新颖上做文章，定位作品的艺术定位，反映作者的艺术情怀和思想境界，换句话说，就是只有新颖才能别具一格。

奇，是说小小说讲究结尾奇巧。追求留白，想象闲笔，讲究出人意料，或令人拍案叫绝。

综上，将小小说的显著特点放到桥头小小说创作基地，我们有没有与此特点比较吻合的小小说？下面，我以莫树材的《骤雨中的阳光》这篇佳作为例来具体分析。

一、"小"的问题。这篇作品正文通篇只有一千三百九十五个字，是一篇比较标准的小小说，篇幅符合小小说规定的字数一千五百字上下的标准。

二、"巧"的问题。主人公"我"和学徒工友小张、小李、小黄为躲一场南方夏天的"白撞雨"，挤进了一个骑楼，与一个拿着《电大语文》学习的女兵相遇。环境设置上巧合，但与生活实际吻合，不是瞎编乱写的，小说场景、环境要素是在特定状态下的生活冲突，为全文情节铺排发展做了铺垫。

三、"新"的问题。故事画面在下雨相遇、众人说风凉话、女兵救人、拾起雨伞等一个个紧密环扣的情节中演绎，完成了特定时间的一场酣畅淋漓的"军人秀"，人格魅力、思想意味，在平凡的小事中得到升华，在建设物质文明和精神文明的今天，这篇小小说在给人带来怀旧的同时，亦会产生心灵上的新感觉、新感动，从而有新的奋发有为。用时尚的话来说，这是一篇充满正能量的作品。

四、"奇"的问题。大家来看这一段话"刚才还在笑话老人'跌倒活该'的小黄突然尖声叫起来：'爷爷，爷爷！怎么下雨天还跑出来逛街！'小黄告诉我们，他爷爷老年痴呆，每天都要出来行街，却经常迷路，我们只好让他挂着一块牌子，上面写着家人的电话地址。我帮着小黄把他爷爷的湿衣服脱下来，果然脖子上挂着一块名牌。"

小黄是起劲说风凉话的人："大概在看什么八卦杂志吧，还不是跟我们一样无聊！"小黄阴阳怪气地搭上腔。还有一个地方写到小黄这个人：我和同伴们大声哄笑，小黄大声说："老家伙无自知之明，那么大年纪了还跟大雨斗，活该！"没有同情心，缺乏雷锋精神，不尊老敬老的小黄，最后自己难堪：解放军女兵救的人竟然是小黄的得了老年痴呆症的爷爷。故事到此出现高潮，戏剧反转，出人意料，被打脸的竟然是说风凉话最起劲的小黄。作品构思此处说是"奇"，也是客观的。

文章还有个照应的问题，就是首尾圆合。这篇作品的结尾落锤，回应了标题"阳光"，众人以女兵为榜样，努力学习，都考上了电大，实现了自我救赎。

这篇作品不是很深奥，大家一看就懂，是大众读本。文中男青年起初对女军人阴阳怪气，说风凉话，及至女军人雨中救人，情节反转，男青年转而仰慕崇拜女军人，军人的人格魅力使得男青年追求阳光，希

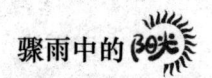

望积极向上，反映了主流社会价值，思想上有引导作用、有教育意义。

　　从这篇文章分析可以看出，小小说写作，是有一定标准的，没有规矩不成方圆；但是写作毕竟是个性化的，因此也不能将标准视之为模块，否则，小小说就没有创新了。写好小小说是需要人生积淀的，是需要传统文学熏陶的，岁月渐长的探索途路上，历练是必不可少的因素，其次，与时代精神合拍的作品，它受到的关注度会高一些。激励或教育，思考是必然的，小小说一定不会因篇幅短小而失落，相反，它有着很强的生命力。

　　（刘帆，广东省小小说学会副秘书长，东莞市小小说学会副会长兼秘书长，《荷风》执行主编）

第六辑　名家评论

一个人带动一座城
——记东莞作家莫树材

刘　芬

在东莞，只要提起老作家莫树材，大家都会亲切地称他"材叔"。他不仅自己勤奋写作，还热爱关心家乡的文学创作发展。在他的带动下，桥头不仅是小小说创作基地，也是东莞的文学重镇。桥头的"荷花文学奖"与"扬辉小小说奖"就像桥头的并蒂莲，这两项含金量高的奖项享誉全国。现年七十八岁的莫树材头发花白，笑容真诚明亮，他以一己之力托起了桥头的文学创作。他就像一个引擎，带动了整个桥头的文学发展。一个人带动一座城，如今的桥头能成为东莞文学和中国小小说的明星重镇，材叔功不可没。

材叔与他的五十八本剪贴本

材叔是个有心人。

在接到我的采访电话后,材叔不声不响就做好了采访的准备。等我到达时,我看到的景象是:客厅的乒乓球台上井井有条地摆放着书籍、报纸和六本厚厚的A3纸剪贴本,他们像宁静的婴儿,静静地等待着来人的翻阅。微微地吃惊过后,我被深深地感动了。这是一个从事了一辈子创作的老作家,他热爱创作,笔耕不辍,他珍视自己的劳动成果,把发表过的作品像婴儿一样精心对待。这是一个真正尊重文字的人,从内在的内心到外在的收拾,他给予了文字足够的尊重。那些被他用过的字、用过的词都是幸运的,能得到这么好的礼遇。现在,他家的球台就像农村的晒谷场,被他拿出来晾晒文字。在这个硕果累累的文字晒谷场,流淌着丰收的喜悦。

材叔笑着说,剪贴本本来有五十八本,但家里只有这几本了,其余的都给镇府档案室收藏了。

我拿出其中一本来看。A3纸的封面上,赫然用水彩笔写着《换成铅字的习作》几个大字。内里都是发表过的文章剪下来贴在里面,一边是手稿,一边是发表过的铅字,两种对比非常直观强烈。这得对文字有多热爱才能坚持这几十年啊。要知道,材叔迄今为止创作的文字已达三百万字,发表的文字少说也有百万字。这么个浩大的工程,材叔几十年来坚持如一日,单凭这项,就有着常人没有的毅力,更别提这么多年来笔耕不辍的创作了。他就像一个文字的守护者,这么多年来从来没有

第六辑　名家评论

间断过。

　　材叔的写作追溯到1960年，那会儿他还不到二十岁。材叔记得那是他发表文章的第一年，那时他的父亲无意中把他的文章投给了《羊城晚报》，没想到就被发表了。父亲一次无意的动作，却成就了材叔一生的创作。此后，材叔便与文学创作结下了不解之缘，一辈子奔跑在业余创作的路上。

　　材叔的创作是非专业的，他一直坚持的只是业余的文学创作。多年来，他做过机械工人、民办教师、小学校长、文化站长、政府公务员。他的身份总是在变，唯一不变的是他对文学的热忱及对创作的坚持。

　　迄今为止，材叔已出了十八本书，出版的图书总量足以与专业作家媲美。题材更是涵盖小小说、小说、散文，甚至民俗文学。他是一个多面手，是一个宽阔的写作者。尽管没有写成国内一流的作家，但他始终是文学的守护神，他一直用自己的文字书写着文学的坚忍不拔。

　　撇开材叔创作的文字的物理功能带给人们的精神享受，就是他自己、本人身上的文学精神由内而生，向外扩展，他带给世人的是一份赤诚的文学之心。他对文字的执着，对创作的敬畏，让人肃然起敬。

　　这么多年来，在工作过后，他把闲暇时间都投放在文学创作上。他不打牌，不抽烟，也不喝酒，唯独钟爱文字。他的每一个字，都是从时间的指缝间散落的种子，落在文学的大地上蔚然成荫。尤其是在党政办工作的那几年，是一生中最为忙碌的时候。作为党政机关的领导，他的部门又是政府部门的喉舌，可想而知他的工作量是巨大的，压力之外，更有其他因素对创作的影响。谁都知道，政府机关的文件是冷峻

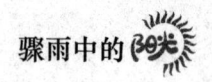

的，是有格式化的，而创作却是自由的，飞翔的，机关文件与自由创作同样都是文字的累积叠加，但两者却不可同日而语，甚至是相反的，相冲的。机关文件的写法对文学创作来说甚至是一种伤害。但材叔却在两者之间游走了这么多年，他心中对文学强大而持久的梦想，轻而易举竟把两者隔开了。

如今，七十八岁高龄的材叔仍在坚持文学创作。2018年第17期的《小小说选刊》，材叔还在上面发表了一篇小小说《骤雨中的阳光》，内容是写一个女兵的。他用自己的言行，告诉人们什么才是活到老学到老写到老。

醉心发展家乡的文化事业

除了自己多年来坚持不懈的创作，材叔还醉心于发展家乡的文化事业。他对家乡文化事业的发展有目共睹。他以自己的赤子之心，为家乡的文化发展事业呕心沥血，写下了可喜可贺的一页。

2003年从政府机关退休后，材叔琢磨着要为家乡的文学事业做点什么。材叔仔细思考掂量着桥头的优势和劣势。写小说吧，桥头的长篇、中篇都写不过人家；写散文吧，明显也不占优势；诗歌就不用说了，东莞的诗人不仅量多，而且写得好的在外面有名的大有人在。猛然间，材叔想到了小小说在东莞是个薄弱环节，而且他自己对小小说也十分钟爱，小小说这种文体在东莞还没有见雏形。发展小小说。这个念头在他头脑里像电石火花一样，一下子照亮了一片天空。

对，就这么干，发展小小说。以对文体的敏锐及对文学的敏感，

第六辑　名家评论

材叔有了在桥头发展小小说的想法。他把这个念头提了出来，镇里的领导觉得不错，欣然采纳。

于是，一场声势浩大的小小说革命悄然来袭，在桥头铺开。

"远学郑州，近学惠州，创建东莞市小小说创作强镇""跨黄河，上北京，作品到国家各大刊物发表"。定位后，桥头的宗旨很明确。材叔是领头人，他带领他们，走上了一条繁荣小小说的大路。

2008年10月，桥头成立了小小说创作小组，材叔任组长。

为了发展桥头的小小说创作，材叔想了很多办法。曾经作为党政办领导的他把一些工作经验也用到了发展小小说上面。"请进来，走出去"。他经常组织小小说成员们到近邻的惠州学习，并邀请写小小说比较知名的作家如申平、夏阳、陈永林等来桥头传经送宝授课。陈永林去过国内很多地方讲课，桥头给他留下了深刻的印象。他说桥头是听众最少但热情度最高的一个地方。

在材叔的努力下，桥头的小小说发展蔚为壮观，大有全民皆是小小说写作者的趋势。在这个过程中，留下了很多佳话轶事。

作家刘庆华，他的读高中的女儿受气氛感染也写小小说，同行的文友打趣他说刘庆华最好的作品就是培养女儿成了小小说作家。

还有夫妻作家，夫妻俩都在电子厂打工，在桥头小小说氛围的感召下，也开始拿笔创作。

还有父子作家，父亲在工厂上班，儿子读小学，父子俩齐上阵，加入小小说创作的行列。

还有著名的网络作家佟平。佟平之前是写长篇小说的，后来也转型写小小说，作品被选进《小小说选刊》。他说，小小说比长篇小说都

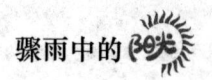

还要难写,但他却十分享受这种短小精悍的文体……

在桥头,写小小说已成为一种风气。

2011年,东莞市文联把桥头列为小小说创作基地。在材叔的带领下,小小说正式步入东莞文学的殿堂,掀开了新的一页。

2014年,市文广新局把基地的牌子挂在桥头。桥头的小小说冲出乡镇,走向市里。小小说成员也从当初的七八个人,发展到现在的一百〇八个人,真正的小小说江湖一百〇八将。

也是2014年3月,桥头创办了《荷风》杂志,每季度一期,现已办到了十九期。材叔任主编。《荷风》不仅发本地作者的小小说,也发外地作者的小小说。这份杂志就是一个载体,一个阵地,把全国各地的小小说创作者紧密联系了起来。不仅如此,它还是桥头的代名词,已被做成了一个品牌,是一张文化名片。桥头的名牌,以前是一湖两花(莲湖的荷花和油菜花),现在的两个品牌,一是荷花,一是《荷风》。

材叔当《荷风》的主编是义务的,无偿的,是老骥伏枥自我燃烧式的,并且一当就是这么多年。一本杂志的主编,要负责统揽全局,材叔还负责审稿。执行主编刘帆每次把稿拿给材叔,材叔都要认真审稿。不只是这样白白的花费时间和精力,有时还要倒贴钱。比如请人吃饭。还有,镇上的征文,有时走程序奖金还没拨下来,材叔便拿出自己的退休金先行垫上,以保证活动的正常进行。在这个金钱至上的年代,心中倘若没有大爱,是很难做到的。试问你我,这样的事又有几个人能做到呢?

桥头现在有两个在国内非常有影响力的奖项,一是东莞的"荷花文学奖",二是"扬辉小小说奖"。这两个奖每两年一次,一个是单

第六辑　名家评论

年，一个是双年。这两个奖项的形成与材叔是分不开的。这么多年来为了桥头的文学事业，材叔付出了自己的满腔热忱。桥头能有今天的文学成就，材叔是绕不过去的一个人，大家有目共睹。

除此之外，材叔还热衷于家乡的民俗文学，在这方面，他同样留下了很多的文史资料，白纸黑字作为依据，他留下了一笔宝贵的精神财富传给后人。

材叔说他人老了，现在只有两个目的，一是坚持写作，这是他一生的爱好和兴趣；二是为桥头培育人才。

对写作后辈不遗余力地提携与关爱

这个，我想我是最有发言权的。

1999年，我开始南下找工作。当时已在樟木头镇找好了一份工作，新工作要9月份才能上班，但我在4月份便早早辞了工来到了东莞。五个多月的时间我得找单位过渡，最好是那种包吃包住能随时走掉的工作。就这样，到酒店工作成为我的不二之选。有缘的是，我到了桥头的一家酒店端起了盘子，更令我没有想到的是，这短短几个月的临时工作，竟然改变了我后来的人生走向。只因在这里，我遇见了材叔。

刚到东莞，身上还有几分书呆子气，上班时间我写点小随笔，餐厅的经理认识材叔，便把我的小文章拿给材叔看。没想到材叔却给我亲笔写了回信，表扬我文笔清新，很有潜质。这八个字我到现在还清楚地记得，是因为当时这八个字，就像八盏探照灯，照亮了我的心田。我当时简直不敢相信自己的眼睛，在我的想象中，作家是那么高不可攀漫步

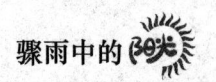

云端，竟然有本镇资深作家给我写信，真是令人振奋。

此后，我认识了一个四川女孩阿梅，她是靠一篇文章改变命运的人。因为写了一篇文章，她从工厂调进了政府部门。她对我说起材叔的种种好，并带我去拜见材叔。材叔送给我他的几本书，并鼓励我去图书馆多看书，多写作。

这是我在文学路上最初的启蒙者，是我的文学领路人。

再然后，我又认识了桥头的另一个写作者阿芳，她是另一家酒店的清洁工。我们俩一同去找材叔，材叔同样给了我们很多鼓励。那些年，因为材叔，因为几个意气相投的女孩子，我竟然真的坚持了写作。

此后，我到樟木头工作，又收到材叔的信，鼓励我在新的单位好好工作，业余时间多看书，多写作。现在想来，我们那几个在桥头的写作者是多么幸福和幸运啊。不是每个人的生命中都能遇到贵人的。材叔，像父亲一样关心着我们的成长，他用他的无私，浇灌和温暖着我们这些远行的游子，让我们体验到了生命中最初的温情。

在材叔的剪贴本上，我还看到很多材叔在学校给学生上课的相片，讲座的内容是《读书与作文》。

今年3月，六十多个小学生拥到材叔家参观材叔的书房，并向他请教一些写作的常见问题。材叔笑盈盈地接待了他们，眼光中满是慈爱。

在采访材叔的过程中，材叔随手拿起的一张纸引起了我的注意。那是一份东莞市小小说作者联系电话，这几个字是用蓝色水笔写的。因为A4纸容量有限，很多作者的名字打印不完。材叔便在空白处，用蓝色笔手写了很多写作者的名字和电话，密密麻麻写得满满的。这张A4纸是过塑了的，便于保存。

第六辑　名家评论

看到这张纸，我非常感动。这些写作者，他们不知道他们的名字出现在上面是何等的幸福。材叔知道他们每一个人，关注着他们的每一点进步。他们不知道，在暗地里，一位老者温暖明亮的目光，目送着他们在小小说的道路上越走越远。

荣誉及其他

在材叔的书柜上，陈列着很多奖杯奖状。但我独对他的两个奖项最感兴趣。一是首届东莞荷花文学奖"突出贡献奖"，不仅对桥头，对整个东莞，他也是有功之臣，所以得这个奖实至名归；二是广东"小小说事业推动奖"。对于广东省的小小说，材叔起到了繁荣和推进的作用。

今年，桥头的小小说征文已进入第十一届。

2018年，桥头出版了全市小小说合集《十年芳华·东莞小小说精品选》，2019年还将出版《十年芳华·桥头小小说纪实》，材叔任主编。

认识材叔的人是幸福的，在东莞写小小说的作者是幸福的。因为有这样的一个老者，他真的是蜡烛，燃烧着自己，照亮着别人。他甘为人梯，让别人踩着他的肩膀成为巨人。

材叔，每个人在亲切地叫着这个称呼时，心里的尊重都溢于言表。

（刘芬，中国作家协会会员，本文写于2018年，原载《荷风》2019年第1期）

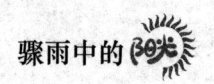

风味"莞货"

——读莫树材的民俗风情小小说

刘庆华

在莫树材老师（以下简称材叔）的小小说作品中，尤显特色的有两大类：一是讽刺诙谐的廉政题材，二是风味十足的家乡"莞货"。

廉政题材是小小说市场的"大众化消费"，而地方风味则是不多见的"特色产品"。所以，在琳琅满目的小小说市场中，材叔的风情作品夺人眼球，成了物以稀为贵的"抢手货"。我作为一名入乡随俗的读者，自然推崇具有地方风情味道的"莞货"。

材叔的莞邑风情小小说，有着老练的叙事策略和灵活的表现手法，具体表现在四个方面：一是风情中的道具设置，经过他的淬火融合，闪烁出浓郁的地方特色；二是故事情节的曲折推进，虽无大风巨浪，但内容回味无穷，让读者醍醐灌顶；三是写作过程中的变频切换，

第六辑　名家评论

即素材的嫁接，通过巧妙的叙述手法，变得天衣无缝；四是叙事文本的真实可读，与其说在某种程度上带有加工的成分，不如说是散文式小小说，具有素材真实、情感真实的特征。

曾读过材叔许多的风情小小说，首先，是标题制作的技巧。《"好酸，好孙"》《欠你一碗"整蛋糖水"》《逗利是》等标题如一盏灯笼，照亮读者的眼睛，一路引领观赏地方风情。这种标题还有一个很大的特征，就是采用了散文式的方法取题，给人第一感觉便是内容的真实性。许多读者喜欢非虚构作品，由此，这类小小说便成了追求故事真实的读者的盘中餐。这种题目的故事导向，透露出鲜明的文本道具，沿着这一道具，读者可找到一大摞的地方风情趣事。

其次，是看似平淡无奇却情节曲折的内容。从一个风情典故中，写出了可读性强的故事。阅读《欠你一碗"整蛋糖水"》，让人身临其境，也想领略一次相睇。"20世纪六七十年代，莞邑农村盛行'相睇'，拍拖中的男方要到女方家让女方的亲朋好友过目，俗称'面试'。"借用小小说名家杨晓敏老师对此文的评价："还原了一场具有浓郁岭南特色的'相睇'民俗。相睇即相亲，是岭南地区男婚女嫁一个几乎不可或缺的过程。相睇非常讲究程序和礼仪，尤其男方接受女方亲朋好友面试的环节，相人相家，测试智商和情商，可谓是众口难调，需层层过关，糖水宴彰显的是一方地域的民俗文化。"

"阿娟说：'刚才老妈子把糖水碗端错了，别介意。''你老妈子没端错，是我错了，不该请文老师做伴……"一个节外生枝的情节，见证了一对小青年的两情相悦。"文老师，我知道你今天不是来相睇，而是来睇戏，我家欠你一碗'整蛋糖水'，今天正好补偿。"结尾突出

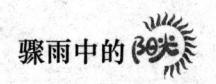

主题，升华意境，使读者从地方风情中寻找到另一种思想境界。数年过去，故人相逢，成为当代男女姻缘的一段佳话。作者采用的方言俚语，使人物形象更加饱满，在向读者展现莞邑相亲风俗之时，给人一种轻松愉悦的阅读享受。

再次，是素材的真实性。作者采取嫁接人物的方式，构成完整的地方风情故事。《逗利是》风趣幽默又恰如其分地描述了市井凡夫的人物个性，极接地气地反映了市民的真实生活。"阿娟家里没小孩，头几年，只有赏利是而没有收利是，'有出无入'她觉得亏大了，于是每年春节都躲在家里，美其名曰'躲年'。""利是"是岭南春节派发红包的特色节庆文化，作者在这一民俗风情中寻找故事，采用素材嫁接手法，将自己与文中的主人公融合一起，写出了情节曲折、引人入胜的故事。同时，巧妙地运用"利是"这一道具，使故事更具真实性、完整性和趣味性。

"'来娣'果然给她带来了好运，第二年生了一对龙凤胎。从此，她再不用躲年。"主题是"躲年"，结尾是"再不用躲年"，作者别出心裁，正话反说，由内容与标题的背离，强化作者对主要人物和民俗风情的情感表现。突出"利是"在岭南春节中的重要性，体现了主人公被迫"躲年"成为后继有人的主动出击，结局让读者出乎意料，掩卷贻笑。

《"好酸，好孙"》是一篇具有浓厚地方风情的作品，作者在标题上采用谐音的修辞手法，不打印莞邑风情的标签，使读者见题思文"好酸"与"好孙"究竟有何关联，进而迫不及待地阅读内容。这是典型的欲盖弥彰的标题技巧，作者运用到风情故事创作上，足可见经验老

第六辑　名家评论

练,技高一筹。

"饭后是例牌'饭后果',主人家拿出大盘沙葼给客人们尝鲜,切成一片片的五星形,鲜果十分诱人,客人们都懂得主人家的心愿,明知道沙葼是酸的,却争着抢吃,边食边说:'好孙(酸),好孙(酸)。'"寥寥数语,"好酸"与"好孙"便跃然纸上,让人恍然大悟。即便当今用甜沙葼做丁酒果,可爷爷奶奶辈总觉得还是用酸沙葼好,"酸"才能体现出他们心中对"好孙"的期望。作者为了将故事写得生动有趣而又完整可读,不难看出文中采用了几个情节的嫁接,一是志坚跟着母亲去亲戚家吃丁酒,二是酸(孙)死了,三是阿坚把酸沙葼端回来。这些叙事情节紧紧围绕道具"酸沙葼",突出"酸"与"孙"的地方语音文化,再体现出一种民俗风情至今不可篡改的道理。

风情式小小说,非本地作者不可细作。而材叔作为土生土长的莞邑作家,这类作品信手拈来,写出了《零点荔枝蜜》《肥婆卖大包》《肠粉王》《爆米花》等不少风格独特、内容丰富、情节生动,可读性强、趣味性高、思想性纯的小小说。

尽管如此,阅历深厚、经验丰富的材叔在创作中依然谦虚谨慎,每有新作脱稿,便发微信让我提意见。于是,我成了他新作的第一批读者,意见谈不上,赏阅后却受益匪浅。

(刘庆华,广东省作家协会会员、东莞市小小说学会副会长)

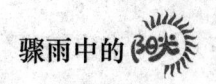

后　记

　　《骤雨中的阳光》是我第二本小小说集，收录了我21世纪前二十年（也是我2000年中风后）发表的小小说，共四十余篇。

　　我与小小说结缘，是从阅读《小小说选刊》开始的。1985年1月，《小小说选刊》创刊，我每期必买，有时当地书店没货，便坐几个钟头的班车到县城购买。1995年《小小说选刊》改半月刊，我就开始订阅了，连续订阅了二十五年。阅读小小说成了我文学阅读的最佳选择。

　　不光我喜欢阅读《小小说选刊》，我的老伴、儿子、女儿和儿媳都喜欢阅读。每逢邮递员送来《选刊》，我便把它陈列在"家庭书角"里让大家阅读，我还把每期的小小说佳作复印成"小小说专号"，发给作协每一位会员作学习资料。

　　我不但喜欢阅读小小说，还学写小小说。三十多年来，我在各地报刊上发表了一百多篇小小说作品，有的还被选入《小小说选刊》、

后　记

我由《小小说选刊》的读者变成作者。我还以推动小小说创作发展为己任。2008年10月，在镇作协成立"小小说创作中心"，提出"远学郑州，近学惠州，力争3-5年内把桥头打造成为东莞市小小说创作强镇"的口号。几年来，中心的十多名小小说作家，努力学习，艰苦创作，在省级以上报刊发表了二百多篇小小说作品，有的还被选进各种小小说专辑中。涌现出一批优秀小小说作家，如刘庆华、肖树、冯巧、诸葛斌、张俏明、佟平、谢松良、刘帆、赖海石，等等。为了活跃小小说创作，我还邀请全国小小说金麻雀奖得主（陈永林、刘国芳、申平、夏阳等）来桥头讲课、具体指导。几年来，三次举办笔会，深圳、广州、东莞、惠州、香港、澳门的小小说作家欢聚桥头谈小小说创作；十二次举办小小说大赛，全国数百名作者参赛。2012年举办的"爱莲倡廉"廉政小小说大赛，收到来自全国各地的三百多篇来稿，赛后结集出版的《爱廉说》由东莞市纪委发至全市三十二个镇街作为东莞市"反腐倡廉"教育必读教材。原《小小说选刊》主编杨晓敏十分关注我镇的小小说创作，除了来桥头参加笔会，还给我镇小小说集——《桥头小小说100篇》作序，给我镇小小说作者极大鼓舞。2011年，我镇被东莞市文联定为"东莞市小小说创作基地"，小小说创作成了我镇文化建设又一知名品牌。

我热爱小小说事业，也得到了上级部门的肯定和奖励。2007年获得东莞市首届荷花文学大奖"杰出贡献奖"；2009年获得东莞市文学艺术大奖"杰出贡献奖"；2011年获得惠州市"小小说事业推动奖"。2017年在广东省三十年优秀小小说评选中获得"小小说事业推动奖"。2018年，小小说《红马甲黑马甲》入选"改革开放40年广东最具影响力40篇小小说"，2019年，小小说《欠你一碗"整蛋糖水"》入选"2019

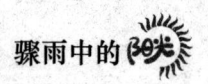

年中国微型小说排行榜"。

  我今年八十岁了,我决心"活到老,学到老,写到老",为繁荣小小说事业多做贡献。

作　者
2020年5月1日